U0134559

獸之語言

秀實

目錄

第二輯　靜物寶貝　詩 23 首，組詩 2 首
2018.1-6

第三輯　逃生術　詩 32 首，組詩 4 首
2018.7-12

第四輯　抑鬱之書　詩 16 首，組詩 3 首
2019.1-4

第五輯　詩後詩　詩 15 首，組詩 2 首
2019.5-8

第一輯

獸之語言

南洋之秋

01 武吉知馬舊鐵路

這一小截的軌道看似安靜而在上面走過時
那微微的搏動讓我們對生命感到巨大的震驚
留下的色彩是美好的，但背後卻有著荒涼陰暗的月臺

我期待遠方會響起列車那悠長的鳴聲
不必議論班次與終站只要現實的存在失去
腳下那些秋草，蕪雜的生長，並蔓延到天際

02 午間的牛津旅館

午間並無休憩與睡眠只有焚燒著的溫度
這個濱海的城市總令人想擁有記憶中的痛與歡娛
逃離那堂皇華麗的殿堂，如漂鳥與綠草坪在糾纏
細小的話語與微弱的呼息比所有的高談闊論都動人

柔美似水，所有的潔淨均由此而生
而所有的骨骼與肌理都像一株秋雨中的樹木
不必叫出名字，在枝椏下走過時便會感到所有的
變改。善良的存在是相互剋制又相互萌生

03 克拉克碼頭夜

事物或情緒總是隱蔽的但有著那傷疤般的痕跡
形骸的放浪不羈才是存在的所有述說
當依附在肉身上的陰影消散後便看到城市的真貌
他在夜間不遵循古老的坐標以議會或法制來運行
竭力地尋找那壓抑了的歷史與原始風貌

全然裸露在空氣中，是今夜河畔的秋月
我知道明天還會有更多的裸露，與全部的美
那些聲音與輪廓清晰無比却有著浮動的軌迹
生命在沉澱與發洩，讓我知道那真實之後
要不是疲倦的夢，要不是夢裏的飛翔

04 舌──烏敏島

像舌般，飽餐後平靜地領略這午後的匆匆風味
上顎為巴西古當而下顎為樟宜村
我用了解剖學的顎而棄用文學的唇
是因為欲望與饑餓總比性感更接近自然和暗喻

咀嚼不完的肉塊，粘連狀說明了那荒原般的痕迹
那些略鹹的唾液自德光島外緩緩流出
我感到地形微弱地起伏有如味蕾般蠕動
吞噬著的是無盡的綠色植物與湖中的藍天

星柔河道是一條蜿蜒曲折的蛇纏繞不休
兩岸的光陰構成奇幻的斑紋往復來回
相信這裏有食人族藏匿在洞穴只因
對岸的城市文明，不過是霧色蒼茫中的萬千燈火

（二零一七年九月十五至十七婕樓。）

看雲

你描繪的那些雲，背後有難言的故事
那是純水的粒子凝聚於南方的空間
看不慣庸俗的色彩也罷，所謂
綺夢與藍天只是一個姿勢抗拒渾濁的生活

季節已然到了荼靡之境
時間乃無岸之河我漂蕩為無涯之舟
所謂存在即如這般懸掛的景致
叫你仰望並把欲念吞沒如一樹無花之果

（二零一七年九月十七日午後二時婕樓。）

圖騰

一個符號它有比生命更久遠的存在
讓飄渺的依存裏有了凝聚的感覺
起源於俗世之愛最終卻成了一方桌布
擁有最美的色彩與綫條，永恆留住了春日

沒有話語只有一種體溫在寒冬時讓我
聽到淙淙的流水。涓滴是極微小的
而短暫如燭火的焚燒卻有了巨大的力量
我必忘卻從前，我孤懸在空中，並發出亮光

（二零一七年九月十八日午後六時樟木頭鎮大甲豆漿。）

剪與刀

無人明白這些工具背後的含意
他們會想到廚房或書桌上擱著的信箋
層次較高的，會聯想到藝
那色香味俱全的盛饌，篆印或木雕
而我想到的是，女子的離去

庸俗的思想訕笑我，只因存活早有設定
他們竊竊私語，奢談歷史的渣滓與暗影
只知爭勝好強而不明白對自然的
憐惜才讓所有的短暫變為恆久

設若有兩個女子，一個送我以剪，一個惠我以刀
那時生活便不止於縫紉與廚藝
那是一種鋒利的緣，保衛而不作傷害
器止於用而我的內心仍是
拙與樸。而現在這些剪與刀
或吊懸架上或收納箱裏，我看到的是
生命的全然癱弱如病
時光在它們身上閃著如徹夜的星光

（二零一七年九月二十五日午後二時十五分婕樓。）

大姚三首

01 倉聖宮

此夜我在高原上，一個簡陋的房間點亮一盞燈
風和秋月已有蒼涼之意。窗外是世間
所有的城市都化為模糊的燈火在焚燃
我擅於逃避卻感到孤單無比，藏匿於文字中
常遠離群體，又渴望有一個沉默可以追隨
缺月掛在窗簾，華彩伴著浮雲
天空溫炙如此讓窗下的我足以安頓為
一株可以緩慢燃燒的火焰。照亮了
文字的忠誠不欺與淳厚無華。它光采而
鎮定。天雨粟，鬼夜哭。我曾謁拜於倉聖宮
並許諾我的文字不止於溝通而為神諭
讓好雨遍灑讓魂魄安息，並如孕育中的
碩果，予播種者永恆的希望如那遙遠的鐘聲

（二零一七年十月一日午間十二時三十分昆明呈貢華夢主題酒店。）

02 她與白塔

此時已遠在它方卻仍想到她那沉默不語的表情

風好幾次撩撥著她的裙裾而我算計著那距離與情緣
旅館夢裏，會看到一方窗外的藍與另一方窗外的
雨。而遲遲未來的秋雨讓我悔疚為思念的枯井

我喜歡吐蕃這個詞，美，並含有恆久的慈悲
存活於每個晚間的詩歌如流螢如紅燭
是一種輪迴吧，那悠久的堅持終成貞潔的白
而此生，我卻在酒綠燈紅與心灰間沉溺

（二零一七年十月二日凌晨一時十五分昆明呈貢華夢主題酒店。）

03 給大姚遇見的詩人

我有了最好的呼吸與嘆喟因為美好總是匆促而過
時漏不堪點算，我聽到了最動人的話語
酒醉至不省人事才能把所有的都遺忘。而遺忘
是最真摯的牽掛與惦念，從來不說來生

只因我把所有的貪嗔痴都還給這個世間
詩是一項債務，可以算計日子却永遠償還不了
多情便有闕失的秋，有闕失的秋節，有更那堪冷落清秋節
酒醒時換了人間，我看到楊柳岸、曉風和殘月

（二零一七年十月二日凌晨二時五分昆明呈貢華夢主題酒店。）

中秋後

中秋後的晚上我客寓群山中的一個城市
有臨河的窗戶讓某些揮之不去的思想可以合理地
繼續存活如漏網之魚。而我面對的却是
秋後瘋長的芒草。我也渴望秋收冬藏

點亮桌燈書寫，夜的空間彷彿一泓月下積水
心若秋空，萬里都沒任何陰影與污點
我開始寬恕這個俗世並去除一切的怨恨
全心全意地愛一個如我這般忠誠的人

無需智慧，忠誠才明白一切都只是守候著死亡
蒙昧却讓大多數的人找到存在的理由
這無人知曉的行旅中，我有了
每個夜晚自河岸升起的秋月，也有了等待

（二零一七年十月六日凌晨二時半韶關怡馨酒店。）

乳源一天遊

我到了乳源。早上拜謁雲門寺，下午來到南水水庫
晚上，在河邊的一家大排檔吃山坑螺。能說的話到此而止
餘下的都是不易說出來的。由是我想及

雲門寺上那些秋後枯為蓮蓬與蓮葉的池塘，無關季節
所有均順勢而為。南水水庫內的濕地公園也如是
那些蓄為備用的水，展現了岸的曲綫與雲彩的倒影

天色黯落了，晚餐往往是一天最後的安排
充饑與裹腹是不同的詞彙卻兼具慾望與抒情
美味以外，還殘留著一些如漬的詩意

公路上一盞連接一盞的路燈，便即時光
其消弭的速度帶有溫暖的感覺，終於悟到
許多事物均如田梗之兔，只宜守候於夢中

（二零一七年十月七日凌晨二時韶關怡馨酒店。）

寒露

寒露後晚間天氣開始冷了，而我卻在不斷的行旅中
挾帶著一個永恆的春天。她有絢麗的色彩並讓我髣髴看到
那糾纏不止的黃蜂與彩蝶。她卻非詩人筆下的一朵玫瑰

也曾抒寫過她和她的年輕歲月，但我並沒有動用
誇飾與賦。用比和興，因為所有永恆的事物
均在輪廓與色彩以外，而讚美的詞彙都可能
成為虛假的陳述。至於事件的記述，止於當止之處

惟有我能懂，當春天成為禁臠，則有現實的刀槍瞄準我
我因之受傷但春天卻總是在這個人世間去而復返
我看到的，是滋潤似水與安靜如消亡，而人們卻在
遊園與歌頌間。可愛者甚蕃。她非一朵玫瑰

（二零一七年十月七日午後四時往桂林北列車 1 卡 4A 座。）

行旅

這些年間因為一次悔疚而不斷地讓自己
在不同的空間內，如一只漂鳥般流徙
稱為行旅的時光都是沉鬱的
如一個眺望到終站的人等待驟然而至的大雨

停歇下來時，我感到極其疲倦與奈何
尋找一間臨河的小旅館
兩岸參差不齊的樓房依舊存在著
想到彼岸的那些女子，想到

她們曾用另一種簡單不過的話語來安慰我
不曾有過猶豫，光陰攀爬過玻璃窗扇
回憶中的那些柔軟的情景如畫圖
而行旅中，那些陌生的色調，卻是我偏愛的

（二零一七年十月十日午後三時往桂林北列車1卡4A座。）

夢遊陽明祠

在茶房內泡都勻毛尖時，簷外突然刮起狂風大雨
無邊的漆黯籠罩下，整個山城隱隱動搖著
唐人說黔無驢，而深邃的叢林間仍彷彿
傳來那嘶叫驅虎的巨響。山是群巒峰是孤
那扶風山頂猶如插天一朵青芙蓉

憶十七歲時誦讀教條示龍場諸生
才省悟這裏本該是西西弗誕生之地
一個寶盒埋藏在地下讓我們知道
黑暗中的光線總是，隨歲月而更明亮
在茅臺的醬香薰染間我訕笑，眾人皆醉

也曾寫下教條，以示詩壇諸君
我說，繪事後素，太多的鄙陋隱藏在
不同的面譜背後。得去尋找一個溫度可以
讓語言如繁花般生長。當下我思索著
而你那些詩句竟如簷漏聲般傳來

適黔遺迹卷迭中，有詠歎西湖的調子
倡言心即理而此夜却餘情未盡，我眺望
欄柵外微弱的閭巷燈火，一更鐘聲
有你歸來的身影。並肩佇立楊柳池台
看一輪新月自那黝暗的稜脊間，緩緩升起

豐原旅館夜

天氣驟冷，我來到了豐原區
簡陋旅館內的情色孤寂地凋萎
偶爾門外的腳步聲把時間拉得更深
終於感到，夜真的如一口井不見底

不能輕輕錯過的一個夜晚
窩在狹窄的房間內，為這個時代憂心
當感覺被所有遺棄，那說明
窗外確實是一個不平凡的時代

（二零一七年十月三十一日夜十一時臺中豐原區真正好旅店。）

靜夜思

認定某些事情即將發生，某些習以為常的生活將失去
我感到周遭的人與事都不同於既往的出現
有的事情有了新的解說，有的人從此去若朝露
更重要的，以往我不以為然的審美觀
忽然產生了奇幻的作用，誕生了美學與欲望

此刻躲在一間殘破的旅館內，安靜下來時
我知悉一個新的時代即將來臨
當大多數人堅持過往的真理時，我感到
書寫，它的神聖不容侵犯。所有的都愚昧
如沾在葉尖上的露水，閃亮卻在黎明時退場

（二零一七年十月三十一日夜十一時半臺中豐原區真正好旅店。）

山居三首

01 台中山居

1. 夜聽大甲溪

夜間那沉重的聲音，自山下傳來
它越過斜坡與簡樸的建築物
跨進農莊內的一盞小燈去

我安靜地在寫詩
幸福自不必言說，夢裏
只餘下的一種呼息聲

2. 油桐樹下

在高崗上的一株油桐樹下
整個季節和我們都一並站立著
山外盡是，還給我們的河山

書寫失去了它的力量
因為那些綠了又黃的油桐樹
已把這個幸福時刻種在泥土上

3. 眺望台

層巒叠翠是一個濫用了的詞語
在這個眺望臺上
夕陽與晚風同樣在環抱之中

看不到塵世的喧囂
看不到曾經的失意與蹇阨
但看到，那些細微的綠在滋生

02 山居夜雨

窗外傳來的雨聲讓我感到極其興奮因為我一直等待著群山裏的
一場雨水。靜下來，在聽雨，它較所有的語言更為優雅與親切
並可以準確表達那強大的人文關懷，一如山下蜿蜒的大甲溪

雨落下時，我正與一個女子談論詩歌和肉體的真偽
雨水正以憐惜的姿態灑在整個農莊上。我認為一切均應
從肉體出發那才是真實的。今晚的秋雨正如此

感到秋意寒凉。當一個詩人的語言回歸於自然與真誠時

一場秋雨便即因他的渴望而落下。許多詩人在寫思想
與感情。他們非智者，充其量是一個誠懇的述說者

（二零一七年十一月二日夜十一時半臺中新社幸福農莊「一霸梅」房。）

03 台南山居

四週岑寂我感覺夜晚的孑然無依
層巒叠翠已換成黝黯中的想像
未知的所有，形成一個森林
在窗外伴著我這卑微的慈悲心
漆黑的力量極其巨大，那即所有的終點

靜默是一種存在它誕生善良與智慧
一盞燈僅僅一點微弱的光已足够
它蘊藏在我心裏並不斷燃燒如一隻
不屬於季節的飛蟲。圍坐一起談詩時
所有的時空都返來，今夜我皈依了

（二零一七年十一月五日夜臺南南化區龍湖寺客房。）

訪台江泮
（致詩人黃徙）

那所房子躺在水泮，靜寂無聞
那裏有一個能言善道的詩人
初來時，他正忙於與所有的草木沉默地打交道
池塘秋水以微漾書寫南臺灣十一月的天空

客寓台江泮兩晚。夜在這裏柔和如此
沒有喧鬧的燈火與混濁的風，只有酣夢平靜地擱在
紗窗內軟熟如秋穗的褥枕上。黃徙把這裏述說成
一間教室，讓詩人可以釀造他的春秋美夢

五峰山尋道下來，再到台江泮
黃徙如一顆迎客松般搖擺著蒼勁的軀體
歲寒前的草木仍欣欣向榮。腳下這一片沃土
根鬚延伸，翅膀歇息，詩即如簷下那盞孤燈徹夜明亮

（二零一七年十一月七日凌晨二時半臺中西屯區皇星旅館。）

隱沒的我

立冬後的晚上城市猶如梁園般而所有的舊賓客都在歲末裏
搖曳如風裏的芒草。美麗的傳說仍流傳著
欲雪的心情與無雲的空曠是一種沉默,是漸趨隱沒的我

(二零一七年十一月十日晚十一時婕樓。)

獸之語言

枝丫相纏，懸掛著的葉子相互磨擦
那是秋末，充滿了對成熟與袒露的渴求
喘息為欲望的風，大地回歸原始的狀態

從葉子開始，至於果實，內部已然在變化
此時如果有一場雨，先溫柔而後暴烈
即所有懸掛著的都必成為餐桌上的盛饗

無任何話語，餘下微弱的光，觸感成了
強大的力量向荒原般的世界探索
思念是存在的，只因有簡單的愛

我想說獸的語言而捨棄人話
讓一切聲音都源自本能的欲望
那是至真而善良的表達，如皮膚上

一隻漂鳥在季節留下的喙痕
潺潺細水，與那濡濕了的大地
那時窗外滿城蒹葭，秋得深與蒼茫

（二零一七年十一月十三日晚十一時三十五分婕樓。）

蝴蝶標本

遇見一隻彩蝶和一個反常態的季節
走在灑落細碎雨點的馬路上，左邊是彩雲
而右邊的樓宇上，灰黯的雲層堆成浪濤般的形狀

過程也都如此，先是懷中不為人注意的卵
然後是蠕蠕而動的毛蟲和靜態的蛹
最終，我發覺所謂美麗並不源自色彩

或夜間裸露的曲綫，而是飛翔
和一個可以儲存季節的房間
那裏沒有賭城的燈火與寥落的街景

只有柔和的光陰，與桌上未清洗的咖啡杯
因此我得重新劃分階段，讓時間比夢更悠長
之後，美好都被困在相同的玻璃盒子裏

（二零一七年十一月二十二日午後六時將軍澳星巴克咖啡店。）

高崗

這裏比較接近神明和愛情，高崗上窺不見任何的世相
景物幾乎凝固為靜態的畫圖，讓我們可以懸掛在
今夜不同的房間內。你是茫茫無盡的海床
遍布珍奇，或空虛的等待著迴游的旗魚

而我那草木鬱鬱葱葱的山間小屋
只餘一盞燈。堅持照亮黑暗叢林裏的路徑
快立冬，快歲暮，這個城市快將瀰漫歡樂歌聲
期望一場大雪降下，所有不可能的都將出現

（二零一七年十一月二十二日午後六時四十分將軍澳星巴克咖啡店。）

未題

於我而言那是一種原罪，利刃戳在迷途的靈魂裏去
也是善良的。我知道這並不是一個良好的世代
所謂淳厚古風只存在於言談的嗟嘆間
世間已無善只因善良也成了一種有效的工具
或牟利或攫取虛榮。我以悲憫的目光看
街道與車廂內的人，都是一尊尊莊嚴的菩薩

流動的是命，流離的也是。輪迴也是
這個微小的句號極為重要，如鉛墜如錘落
太多膚淺的議論佔據了純淨的思想
悲愴這個詞較之傷痛更讓我偏好
世相如狼吞虎咽後的餐桌，殘骸遍野
在劫難前夕，我隔絕所有陽光雨露，讓詩生長

（二零一七年十二月六日凌晨一時婕樓。）

房內喝酒

這個時候不必對窗外的城市有任何言說
霓虹閃爍與車水馬龍都無關我們相互間的動作
生命的意義在於沉溺而沉溺時遇到
有可以摻扶的浮標。我讀過一首叫葵花田的詩
詩人書寫的陰暗便即真理
房間也是真理，因為它的密閉不讓洩露
壁燈如壁虎在夜裏爬懸在牆上
雙眼亮著，盯住一隻飛蛾的肉體
真身較之羽衣更為善美。披衣是世相
其多變與眩目，而褪去華衣麗服即
生命的還原。所有未經還原的都有
對存在的瞞騙。我們喝紅酒談論一幅高牆
與一簍雞蛋。我喜歡早上的雞蛋而你有時
靠在高牆沉思。言說都荒誕而吻才讓我
感到言說背後的你在言說之外
我把你定義了，復把你命名，除卻
肉身的柔軟，靈魂有刺如孤獨的玫瑰

記：〈葵花田〉，以色列詩人耶胡達‧阿米玄（Yehuda Amichai,
1924-2000）作品。全詩如後：「成熟與枯萎的葵花田 ／ 不再需要太
陽的溫暖，／ 褐色和明智的它們，需要 ／ 甜蜜的陰影，死的 ／ 內向，
抽屜的裏面，一個深似天空的 ／ 粗布口袋，它們未來的世界：／ 一
間幽暗的房屋最深處的幽暗，／ 一個人的體內。」（劉國鵬譯）二零
一七年十二月十三日午間十二時四十分澳門華都酒店。

模式

尋找一種關於存在最適宜的模式
那必需是，孤單的房子內擁著火苗般蠢動的
一個體溫在夢裏。我為冬，漫長如絲縷之命
他乃夏，酷熱中揮汗如窗外城市
那場洪水般的大雨。此水能載或能覆如舟之命

世俗相等於平庸而極為可愛。他也應有
最世俗的動作，如抽烟如酗酒如順手牽羊與猪
也如另一種具名的動物用舌與唇把身體舔拭乾淨
世俗的高地是道德，利器是蜚言囈語
所以愛是寧靜的，它在冬眠中蜷曲著身軀不進食

（二零一七年十二月十六日下午六時深圳東興前海假日酒店茶餐廳。）

壽與詩

很多事物現在我已不甚理解
譬如壽。壽也有其終點，而我希望看到
六十年後在北緯三十七度上空掠過的一場流星雨
那時我在一個古老的城市，到處都是戰火的痕跡
天臺的風很緊，他把一條駝羊圍巾搭在我肩上

又譬如纏繞我一生的詩。它等同於語言嗎
或者說是獨特而活著的稀有物種，而非養殖之物
我不間斷地書寫，較之案頭一場燈火更為持久
壽終正寢與油盡燈枯，那個詞更貼合
未來的結局。或有人說是相同的
攢頭時，我便看到這個偽詩人身後的萬物

（二零一七年十二月十七日早上十時半深圳寶安圖書館「中國新詩
研討會」會場。）

案發現場

在場的才有資格言說。時光短如一截燃燭
空間密不透風，窗外或正模擬著一個寒冬

從叩門聲開始，涉事的人物都曾詮釋過
一個永恆的春日，而現在才知曉剎那之真

轉彎的甬道有扭曲了的世俗見地，義或不義
禮或非禮。現場除卻肢體與呼息，均無爭辯

沒有任何衣物，包括一小塊溫柔的絲縷
所謂真相則是坦然的歡娛或疼痛

事物可以清理，空間可以還原
而影像卻褪不去，並留下了那些囈言與手語

深層的認知如在鏡的對面
受害人與施虐者的位置時常轉換

（二零一七年十二月二十三日凌晨一時四十分婕樓。）

此日

弗羅斯特曾說，世界將毀於火或水
此日或應驗詩人的預言

我在廚房燒水，並放了一根黑糯玉米其中
同時打開濾水器，把淨水注滿在塑膠瓶子裏
電腦熒屏閃爍不停，一位詩人正隔著海峽向我招手
要求跟我學詩。學詩，不宜談技法

我說，心法。而心法來自生活態度與對存在的認知
還來自經典閱讀與對大師的追隨。多往來
聊生活，泡茶，聽雨看燈，則自能撐開一方天窗

佳節的光陰在孤單的存活中緩慢移動
貓不知這是一個節日安靜地享受著冬日暖陽
我不知鍋內的水漸乾，塑膠瓶的水已注滿

廚房的溫度飆升，熱氣浮泛到天空
淨水溢出灶台，漫漶而瀉落大地
詩仍在，仍在書寫與論述，因此文明仍在
我歇力地維繫著，倦眼望著你和
魔法杖上的那顆星子，而世界正悄悄步向消亡

火舌燃著灶臺旁的雜物，水積為窪為潦
一個劫難已具雛形。詩與文明或同時毀滅於
火與水中。我感到饑餓與困乏乃想及
一望無際的玉米田和那根綴滿黑珍珠的玉米
廚房的門被推開了，預言中的災難遂得以解除

（二零一七年十二月二十六日凌晨三時二十分婕樓。）

三行

所有的距離均源自述說而沉默才能與你相隔
如鄰。籬笆上的菟絲花我聽到它們觸鬚蠕動的聲音
較之巨大的呼喊聲更能讓我靠近泥土

（二零一七年十二月二十六日晚十時香港飛高雄 936 航班 27K 座。）

路旁咖啡館

那並不幽靜，常有飛馳而過的車追趕著深宵
路過前鎮區這爿咖啡座因為想及
那一幅名畫而挑選了一個空桌子坐下

影像可以素描，印像卻脫離事實的色彩與
線條。旁邊是一根屋簷的柱，髹上都市的灰
鑲嵌著金礦咖啡店的圓型招牌

隔一條巷是季洋莊園咖啡隨行吧
這裏歇息著遺忘或被遺忘的落單候鳥
享受著一小漥水源的快樂

此夜，我也同樣落寞。遠方總是美麗
此刻我卻滿足於所見的一切
它們沉默，與我素不相識，也並非事實

（二零一七年十二月二十鬥日零時四十分高雄城前鎮區巴黎香舍酒店。）

第二輯

靜物寶貝

高鐵過臺中

只能說光陰不能說時刻了
能感受到那些躍動不止的影子而
尋找不到任何痕迹。這個城
有一個區域叫朝馬，白駒過隙般
亮麗的秋紅谷，思念的季節
從這裏開始。後來的夏綠地
在細雨中放肆的顏色讓我驚訝不已

狹小的旅館幽閉著萎靡的歲月
窗外那一片街景浮盪著冗長的車馬聲
繁華的市集外是一幅梵高的星空
路過多少個慶節，錦簇繁花也都零落
燭光下的紅酒杯留下了痕跡
汽笛嘹亮而短促的鳴聲剎那響起
一個城市一次輪迴便這樣倏然而過

（二零一八年一月三日午後一時高鐵列車臺中往桃園自由座。）

一行

錯誤總在倉猝中出現而那時躲藏於堆疊文字間的獸才
敢於坦露痕迹

（二零一八年一月三日晚六時半臺北飛香港中華航空 CI919 航班
49K 座。）

關於婕
（之一）

01 大寒日過穗園

所有落下的葉子不曾返回枝椏，我看到
許多曾經堅持守候的事物都在泥土中腐朽為螢
那個空間仍清晰無比，床尾是簡樸的木桌與一排窗
筆與紙張，化妝品與首飾雜亂的置放其中
左側是廁與沐浴間。那臨街的夾縫有光
或晴或雨的一隻小窗。記憶中的水聲從未歇止
南方的夜是柔軟的，如有溫熱的瀑布流淌過
整個平原。以雙手來摸索甜蜜的夢土，夢是另一種
倫理的存在。它會起伏會呼息，也有色彩

大寒夜瑟縮地走過穗園小區只因
我仍堅持著。眼下的龍口西燈火疏落。兩旁的大樹
枝葉更濃密而樹椿上繫著許多休歇的共享單車
那間路旁咖啡店換上了莫吉托的名字讓我聯想到
對善的固執，清醒和昏醉的相補與相依
還想到失落的歲月和性。它真誠而簡單
再不能帶有任何的詮釋。厭倦了世間的話語
只因它極為單薄，並夾雜了許多偏見與傲慢
無懼於穗園緩慢的變改，牽掛卻總是存在

（二零一八年一月二十一日凌晨二時二十分廣州市天河區龍口漢庭酒店。）

02 春分復過穗園

萬物都復蘇了惟獨我仍堅持不醒來
簾外早上春光明媚午後春雨霏霏
一切皆在沉默中生長與死亡，並相互攻訐
而穗園小區，馬路是曲折的河，樓房是
巒山疊翠，到處都艷麗如玫瑰而你彷彿其中

時光好悠長，讓其餘所有的都枯槁
而小區卻依舊風光如昨
連綿的欄柵與寬大的樑柱，老樹成群黃了又綠
在穗園，春天不是季節，是簡純的愛護
再經過這裏時，才悟到牽掛即萬物想念即命

（二零一八年三月十一日凌晨一時半廣州龍口區省作家協會大樓。）

03 婕樓

這個空間的所有事物與昨天一樣
牆壁不變，是等待中發黃了的米白
東歪西倒的是愈堆愈多的，書與晝夜

盅洗盆有用過的牙刷擱著
床上鋪整過的被褥，依稀保留著
我喜愛的曲綫，與體溫

聲音沉澱為微塵拭擦不去

曾經擁抱過的，現在換為
一頭相依與對峙的橘貓

歲月仍是灰濛濛的
空間充斥著看不見的顏色
門常緊掩，一如曾枯萎的心又換季

（二零一八年六月二十二日零時四十五分嘉義市桃城茶樣子。）

破敗之美

我喜歡破敗因為那才是真實的世相
譬如敗絮般的愛，我也喜歡，因為那個女子的愛
必也是同樣真實的

真實的不會恆久，它沒山盟海誓的虛假陳述
但虛假的可能終老一生。而真實的
在一個詩人手中，會成為一場永不息止的雨水

如流的歲月中，那個女子靜靜地往復著
她以外，一切都是那麼的堆砌為完美的段落
講究起承轉合，並擅用修辭與冗長的述說

如戴上帽子般，那是一種寓言體具有
純真與教誨，而智慧的人會悟到
愛即欲，真實而短暫，破敗而至美

等待

儀式終結時所有的都在等待著。窗簾外是一個
不倦的城市,並在窗簾垂下後成為傳說中
最後的書寫。

言談與沉思讓生命還原為獨處時的赤裸
羽翼仍未長成,身軀慵懶地在蠕動並拒絕
生計的勤勞。

較之話語和思想,溫度才是最重要的
溫度是一種語言能相互的契合
並等待燃燒。

(二零一八年一月二十三日凌晨 5:00 婕樓。)

魚與葉子

一條魚活在一滴固態的水裏，我仔細檢視
那確是活魚，在靜待著水的轉化
體內仍有銳利的刺，和暖時身體便回復柔軟
當叮叮咚咚的水流聲響起，枝幹抽芽長葉

而春天竟然在妳的掌中，這是兩片翠綠的葉子
當下的情境如斯而你意欲有另一種存活的
模式。泯滅了思想與信仰，爭辯時
處於岬角的下風。景物卻可以重新讓你詮釋

來自大地的一切都是善良與美，並無罪與罰
相信季節，甚或白晝與黑夜，都由我們決定
說有光，便有光在窗簾後等待著
喜歡流水如汛，喜歡一室的春天

（二零一八年一月二十五日凌晨一時五十五分婕樓。）

新市鎮

我喜歡用新市鎮來標注一個生活空間
那裏的綠化地逐漸減退，整片天空
開始傾斜。某些鳥已禁聲，螢火大範圍撤退

我不喜歡用都會或城市，夜間
當萬家燈火的事實浮現，不能不下筆時
我會用單音詞，城，有歷史沉澱的，府

譬如元朗，是記憶中永恆不變的新市鎮
它對發展的堅持緩慢和我對生命的固守愚拙
是相同的。當我置身其中

便如真跡般陳展於人流稀疏的展覽館
贋品充斥的城市如華麗的衣妝
不能褪下，所以有城開不夜的迷惑

寂是生命的本真，鎮是空間的本真
我佇立某個新市鎮的街頭時，看雨或
看雲，深夜便恰如其分的擁有眼睛和夢

（二零一八年一月三十一日凌晨一時半臺中市秋紅谷拓程商旅。）

玫瑰頭飾

兩朵紅玫瑰詮釋了一種美。它生長在你如流的
髮河之岸

相遇的那天，這個新興的城下著細如絲氈的
黃昏之雨

讀到湯瑪斯的話語，人類的思維，天使的翅膀
與乎我對你那種掃瞄的目光

夜天使點亮了所有的螢火，讓我看到黑暗裏
所有的默不作聲

那確實存在著的赤裸，並沒有刺與泥土
只有露水的光華

僅僅是兩朵的依靠，即便擁有完整的花圃
擁有各在一方完整的天涯

（二零一八年二月三日午後四時十分臺北城公館區胡思二手書店。）

揮別農莊
（效 R.L. 史蒂文森作）

轎車已來到農莊的門口
我們把收拾好的行李放到車尾箱
一面忙著握手，一面忙著擁抱
揮別了，幸福的農莊

蝶戀花與一翦梅，大甲溪與八仙山
詩歌草堂與醋工部的兩個簡樸房子
嶺上總督府所有的花果與鳥鳴
揮別了，幸福的農莊

農莊主人與太太，其他朋友們
願你們安好無恙，貓犬相隨
月陰裏把酒談天，日光下山路漫遊
揮別了，幸福的農莊

引擎聲已響起，我要回葫蘆墩去
山間的房頂與屋棚，漸漸消退
林蔭的彎路終於變改了方向
揮別了，幸福的農莊

吃麵條

吃麵條是溫馨的，泡在熱湯裏的味道是熟稔的舊日子
喜歡糾纏在熱情中卻因欲望的饜足而逐漸分開
先是各在桌子的一邊，聊起一些微不足道的生計
聊南方的霏霏霪雨，聊北地的鵝毛大雪，聊一個未知
城市的超市和書店，聊竹棚上老去的貓與院子裏新築
　的鳥巢
飽暖了，你便坐過來，沉默相對後，便即世間之真愛

而現實並不如此，我孤寂地烹調著廣東麵條
燒開水並灑下一撮櫻花蝦，與幾片雪白的槍烏賊
那是南方結晶的鹽，沒有大漠的白楊樹與澄明夜空
房子異常安靜，家具與書籍與蒼涼歲月相互堆疊
麵條好吃，湯好喝，如同陽臺植物沐浴在空氣中
午間吃著，想一首詩，想四千公里以外的那人

（二零一八年二月二十日午後三時十五分婕樓。）

杯子

關於杯子，會觸及許多的空間與及我所詮釋的孤單的你
譬如此刻，坐在旅館的陽臺上面對群山獨酌
而群山之外會有一個邊城窩藏著那歡娛對飲的歲月

真誠的述說必須是冗長的，簡單的話語却總是脆弱易碎
當話語都不能表達時，沉默痛飲並把你擁入懷中

葡萄美酒和夜光杯是一種憂傷，因為沒有那人
所有的物欲滿足都只是宣洩著心底的牽掛
無關杯子中的琉璃璀璨，即便是一場風沙一場大雪
也不過是簾外的江山而那人的歡笑如
廊上的懸鈴般，靜靜地響著
無人知曉

人間換了三月，當春乃發生
隨風潛入夜的，是那些開到江南的繁花綿簇

喜歡乾杯，因為有響亮的回聲
也喜歡斟滿了的酒杯，無論新醅或陳釀
都有那與你身體相同的溫度
有情，即便醉去

（二零一八年三月十七日早上十時十五分中山欖邊長江高爾夫球場
　酒店。）

夢中村落

尋找世間一條寂靜的村落曾經在夢中出現
和所有的村落一樣有黃昏時牛羊賦歸與炊烟縷縷
簷角上的滴漏在等候一個詩人的書寫
他竭力安靜著，却用上過多的動詞，如晚風
穿過窗外那片叢林，簌簌作響

始終未曾到過這個村落，但我相信
叢林即白日之夢，且必有隱藏的事物
遠離律法並以雨水和黑夜保護著脆弱的愛
喜歡這般簡約的詞語，卿或妃
道觀歸來時我會說，不負卿，而當我擁有
命名權時我會這樣的叮嚀，愛妃

珍重。常徒手在生命矗立的危牆前
點燃一間房子的燈，寫詩並把所有的孤寂與
那些跟隨著的謗語讓一場大雨洗刷成河
對岸是永恆的，因為所有的青草
都一如詩句所言，更行更遠還生

（二零一八年三月二十三日凌晨一時十分婕樓。）

床

承載你以床以夢，這以外
一首傳世的詩便已足夠

肉身腐朽，而時間卻如無岸之河
永不熄止地走到遠方

空間也是重要的，我要
一個房子，即便僅僅放得下一張床

讓你躺在床上，讓最後的柔軟
覆蓋你所有的坦然相向

然後，夢才是真實的
那裏有羞赧的紅霞與永恆的體溫

（二零一八年三月二十四日午後五時四十五分婕樓。）

靜物寶貝

那些事情在我四周變幻著，有時是明媚
有時一切皆是傘外的雨和簾內的睡眠
逐漸感覺某些存在變得慵懶與
模糊。時間以外，要逝去的與乎要降臨的
其實均相同。一枚果實消融在偏遠的泥土裏
並在春分後隱沒在這無人關注的草坪

擺設是悲哀的。櫥窗外的世間冷漠無常
仍竭力讓自己變為一件靜物
不言不語僅僅陳展著複雜的線條與斑駁的色彩
面對一城燈火，夜闌時的默禱如詩篇般真實無訛
所有的物象都呈現著相同的狀態
邪惡般的閃爍，無垠的灰茫，包藏著芒刺的盡頭

（二零一八年三月二十八日午後四時東方航空深圳飛西安 MU2326
航班。）

長安城組詩

01 古城日落

旅館八樓窗外，在三月的古城
意外見到一輪崦嵫而沒的太陽
想及那朱砂的圓形玉璽落在聖旨上

慊學之士躲在門外竊竊而笑
可憐的詩人不知並無圓形的玉璽
而他們却不瞭解這般偽陳述也有其
熱與冷，如時令般老實不欺

天命與皇權便即冷與熱的相對
並恰如其分地解釋了，這個長安古城
擁有語言的詩人便即帝王無異
且永不被推翻，他們的玉璽
即我眼下的一輪落日，緩緩而下
為蒼生頒布了——
「黑暗過後即黎明」的諭示

02 大雁和明月

天階夜色暖和，如所擁有的關於存在的思想
生命為一種等待，而這個大雁塔

是一個符號，代表了所有最終沉寂為
北方的雁鳴或長安城的月影

雁過不留痕，留下這個晚上你的話語
一座塔與一個取經的唐僧仍變改不了
應該出現的緣或劫。是劫數
我則慷慨赴城北之秋決

坦然地害怕消失，是如斯壯烈的愚昧
雁是知道盟約的，季節終會返回
人間的四月天到了，明月浮在古城上
塔下看你，即便看到雲端一隻
歸來的雁或一輪初升的明月

03 車過秦嶺

車子由北而南，穿越秦嶺那算數不盡的隧道
長安城愈遠，那萬戶千家的窗戶隱沒在風裏
詩人一生總得來一次長安城，而我現在
如一個失意的書生，赴漢中賞花

有詩人隨行，他恰如其分的
如妾之身。顯露了他的言笑晏晏
車子在秦嶺山脈中奔馳，日近而長安遠
盛世中我落拓如斯，無萬戶之封，無萬貫之賞

幸好仍有萬里追隨的。他把一撮鳳凰單欉

灑入壺裏，為我沏茶。窗外連綿起伏的秦嶺
即無盡江山。江山以外，即巍峨廟堂
呷一口單欉，看眼前人正盛放如花

04 油菜花田

在漢中遇上了一大片油菜花
那種喜悅難以宣之於口，而我默念著
這所有的黃色裏，你是唯一的紫

數算不清的黃，如原子結構般相互牽連
它有一種力量變改了原來的定義
所謂法不治眾，自然早有昭示

若能讀萬卷書，思想便如無底之井
而非僅僅反映那時雨時晴的天色
此日倦行萬里，我始悟到相伴與相依

的一體兩面。油菜花在沉默中喧嘩
在盛放中卻以井田的方法固守著傳統
我放棄語言之繁巧，回歸到單字詞的愚拙

05 油菜花田之二

今夜，一大片油菜花田出現在夢中
我能意識到大腦的形狀，若剖開的核桃

那些坑紋複雜而均衡的序列著
如一種符號詮釋了夢裏的春天也會下雨

季節的色彩場景在你身後往復變動
而現在是黃澄澄的一片到邊際
能盛載的已是所有，那溢出來的
便即這勉縣山間的油菜花田

如果今宵這個長安城有一個詩人
我便擱筆，陪伴你在書寫
你也寫到夢裏的一片油菜花田
如我雙手所撫摸到的柔軟的部份

06 抽菸

聊起詩歌時偶爾會抽上一根煙
燃燒的葉子讓思想閃亮和鎮定
煙雖有害於身體卻裨益於言語
而詩會上抽的，則或酬酢或裝作模樣

那些勸說我不要抽烟的女子
以低廉的關懷攫取道德的臺階
設若有一個女子，向我拋來一盒中華
並說，晚上寫詩時抽一根吧

這即愛。因為他會竭力地保護著
我的瑕疵，而日後緊隨著我的謗語

她也不會相信，並說，優秀的詩歌
是瑜，容不下俗人玷污，並向著最遠方

07 夜宿定軍山下

夜宿於定軍山下
時值縣城之春，窗外草木深
估算滿山都有埋伏而我却憊憊欲眠
今夜，可能又喪失一個

城池。而攻陷我的並非敵軍
是孤身佇立在夜風中的
一輪明月。拉上窗簾
讓邊界緊縮，並派駐了一個
戴翎帽披紫衣的特使，穿梭夢與醒間

咷囀與喁啾在第一縷日光降臨時出現
所堅守的夢境先是被攻破邊皮
而後，出現了全盤的失陷
我攬衣而起，看窗外姹紫嫣紅依舊

08 袁家村喝茯茶

先到了真實的袁家村落，那裏的房子整齊排列
農田上的小麥與菜花正沉溺在季節中

而後才找到那個虛假的袁家村落
那些建築物與午後陽光，都是虛構的情節
往來不絕的人物也是而在這所有的假設中
讓不被發覺的微小的紫色，落地生根

茶過三巡。我關注你寬鬆衣物內勞動的肌里
良好的肉體容易產生猜疑

同樣關注一株蒼老的槐樹與一頭疲憊的毛驢
而我不會猜疑一段歷史和
對一頭孤單的獸有欲念

茶過五巡。我們聊起時令的水果和詩歌
那些書寫油菜花的歌吟與小調都及不上
成熟的菜花可以養活整個山頭的
蜂巢與情敵，這般卓越的筆法

臺上有人口銜翎羽，拉起風箱
唱起陝北詩歌般的段子，棚外陽光愈見細碎

漫天柳絮中，茶過七巡了
澆息了涇源地區所有的烽火，念及
一個眼前人一條村落一座宏偉的陵墓

茯茶沖泡九巡，一切均已蒼老
想那個在霧霾中的長安城，想一個
古代的妃子如何轉世，不在油菜花田間

隱身在大城市的辦公樓內
讓我遇上，這般情節在咸陽古道中

（二零一八年三至四月西安。）

北上

北偏西，霧霾，羊，油菜花，古老的城池
還有安靜的灰。漫漶或消褪中的狀態
薰衣草以其獨有的一株移植於我的體內

沐浴泡沫，花果茶，香薰油，盆栽，南方的陽臺
空間與呼息，當語言並非糖果而為寧神的禱告
南來與北上都一樣，因為風起了
鈴聲便響起曲徑通幽的話語

選擇生活如同睡夢般寧謐。那次在北方旅館
窗外是一個皇城。時代總是莊嚴無比
風起雲湧之下，我鎮日在檢拾時間的落果

北上南下，東來西去，夢裏的中央車站
擁擠的月臺，軟弱的詩，堅定的對一種顏色的信仰
當我從北方歸來，一切都如此漫不經心
我承認牽掛中含有暴力，並以輕薄來完成

（二零一八年四月十三日凌晨一時十分臺北城大安區福華文教會館。）

杏仁和百合
（夜讀保羅·策蘭）

這並非花或果的名字而為一種存在的態度
我和我的詩歌均對此有所厭惡。只因詩如命
命若詩。那晚我看著保羅策蘭在窗前
細數杏仁，並說，數那苦的讓你睡不著的
把我也數進去。然後他投河自盡了
我想抄襲他的，包括這命這詩——

然而，我的生命有了新發現
疑惑著會有一個紫百合般的女子出現
她不曉算數，不辨歲月，尋找清新的空氣與水
從此我懼怕死亡與蒼老，以詩相依
我會說，你那邊也有雨。雨中的花與果實
在滋潤中成長，然後腐朽為螢

而我心裏保羅策蘭並未死去，他流螢般
一場夜雨後在窗前劃過再劃過
杏仁散落於地，百合褪下了它的色彩
整個的塗沫在光陰裏的，叫蜜
在窗前我細數星星，數那牽掛讓我
睡不著的，把你也數進去

（二零一八年四月十六日夜十一時四十五分臺北城大安區福華文教
　會館。）

彼岸

是一條思念的路線，有時讓雨淋濕
有時又歇息在午間的咖啡店內
不喜歡彼岸因為懼怕烈風把我們的
舟子打翻。而現實總有隔岸相望之時
便想到，渡。那是一種慈悲的普渡
或以書寫來排遣午後書房的
枯寂。懷裏仍有你給我的一張
電子車票。讓我永遠忘不了那個

簷牙廊腰的禁宮。那朝南半開的窗扉
那鼓樓街道旁的綠化樹，日暮時
那滴漏般消逝的彩雲。當你說
有一場雨同時灑落在兩岸
你便在屋簷下歇著，想著遠方。我登上
某一座城樓，念想著那一場烈火，而後是
暴雨來襲，而後所有都沉寂為綠窗下的晴
終於轉晴了。窗外整個城市等待你自彼岸歸來

（二零一八年四月二十三日夜十時半婕樓。）

端午談詩

一個窩居於巨大建制的城中詩人不能忘記這個節日
無聲無息地沉於江底，是對不能消弭的野蠻
最恆久也最沉默的抗爭

詩也得忠誠。但忠誠前得丟棄
那滿布俗念與物化的思想如一張拭擦歲月的百潔布

端午臨近，網絡上一張商業化的單張，印上了
屈原不害怕寫別人看不懂的詩

膚淺的論述便即一條春日的花巷
年年歲歲都有絡繹於途的尋芳客
其聲總較一篇晦澀的詩歌，更為放肆

語言是所有的關鍵，也是最寂寞的存在
如披著紫衣的那人，在萬家燈火中孤單的佇立著

不必詰問沒有讀者的詩，其存在的價值
如巨大的泰坦尼克號，當旅客都沉醉於歡樂時
躺臥在甲板上的人總是寂寥的

縱然文明沉沒過，而燈塔的光芒卻往復不滅

我讀離騷，翻查其箋與注，如一個看守燈塔
眺望大海與風暴的局外人並常在夜間
書寫著一些莫名其妙的長短句
不向讀者，向每一個黎明交待

（二零一八年五月十八日凌晨二時半婕樓。）

空間性與漢語新詩學論壇上的發言

這不涉及房子的大小而關乎窗戶的多寡與檻外的風物
也無關幅員的遼闊，無關一隻紅嘴鷗能否
穿越季節中的緯度。無垠無涯也可能有
極度狹隘的襟懷。卡爾維諾的迷宮點出了
現代人的困頓與蹇厄。複雜交錯的巷弄與
那許多的堀頭巷，便即當下生存的境況

我們總是糾結地前行，並尋不到出口
喜歡採擷路邊的野花變改了風色與伴侶
保羅策蘭說，詩，不描畫自己
所有經驗與乎你遇上的那些人都是現實的存活
僅僅為色相或具有假裝的笑與沉默
而真相總是隱藏著，待詩人同時把自己埋葬

念及里爾克飼養的豹，不以血淋淋的羔羊
以溫熱與色彩的文字，它僅能在
極小的圈內旋轉，千條的欄柵後便沒有宇宙
而這狹小的囚籠內，却能誕生偉大的意志
對某物放手，讓漩渦成形，强大的中心乃逐漸呈現
或沉重地把自己壓成虹，當中便會有閃爍的光顆

（二零一八年六月十一日凌晨一時漳州南靖雲水謠俊太樓。）

病

我仍沉痾不起，事物已悄悄變改了它的顏色
界乎薄霧與清晨，欲雨未雨間的一種情緒
餘下詩歌，所有的均成了存在的假設
以其述說的方式與論辯的理由，構成形體
並說愛或不愛，義或利，美或醜
依然是庸脂俗粉的現場，而命裏注定了
一次沾染顏色的病，無法治癒

病中的日子總是安靜閒好，可以放縱地
給陽臺的花澆水。它們有話，以顏色訴說
連續九天的酷熱。也可以把書架上的
詩集亂翻，文字永遠沉默但却擁有
和顏悅色。去一個島安靜地活著
養兩隻摺耳貓在一間小屋內
傍晚你若歸來，我們便忘却了所有的前生

（二零一八年六月三日零時五分婕樓。）

論述房子

房子本是一個無意義的空間，卻在閉門後
讓我可以推翻道德規範而彰顯
鄙俗的嘴臉。那時我抽煙，說話不雅
對性別與階級滿懷敵意，虐殺一隻
誤闖進來的飛蟲，並冠以弱者該殺之罪

而你們不知道，一所房子的真相
它是流動的。晚間我進入時如坐於一隻漂流中
的舟，或散髮舟，或雙溪中的舴艋舟
你們會說，房子安穩，是家阻擋風雨
而不知道它是牢，連夢都蒼白

關窗閉戶時，房子裏便只有一個季節
陽光總是細碎地灑在紫色窗簾上
窗外風光如畫，界乎現實主義與印象主義間
餐桌上空了一隻酒杯，雙人床右側空了一個枕
房子在河道中，在你睡夢中仍在尋找

（二零一八年六月三日午後五時香港赴澳門噴射船。）

空間詩學與土樓

南靖這片丘陵，羅列著許多圓或橢圓形的土樓
當中與飲食文化相關的叫四菜一湯，那是因中間的一座
呈方形。這個稱謂難容詩意卻與空間詩學息息相關
我走在這片丘陵地時，想像一隻飛越震旦的翼龍
那不啻是起伏的銀漢中的星宿圖，相互牽引又旋轉

俯瞰時是熙熙攘攘的安靜，猶如擡頭看
星空，我們尋覓不出天上的街市。常對眼前人說
當下是真實卻遠遠不逮那隱藏著的真相
我要的是所有的裸露與一場暴雨，蜷曲著的胚胎
色彩是空間卻有人認為那是一種光譜，我說，紫

紫色的波長為 380 至 420mm。長則空間
穿梭在各個土樓之間，懸掛的粽子，倚在牆上的耙與帚
貼在欄外的揮春，中央水井，那形狀各異的空間
我的意識卻如一隻附於其上的甲殼蟲，為人忽略
它細緻，它在外，緊緊依傍著，無人聽到它翅膀振動的
　聲音

（二零一八年六月十二日凌晨二時十分漳州薌城區漳州大酒店。）

聽蟬

那些頭頂上的聒噪是一種警號
立在一株老榕樹下
一個人，世間就只餘我一個
和這些沉重的聲音

夏末榕樹的細葉子仍舊茂密
遮擋了樹幹的延伸
那是另一個世間，沒有鳥鳴
只有那些愈走愈小的枝丫通往藍空

蟬並不需要藍空，要雨露
好讓它的聲音沉落地上
與我一樣懼怕所有的花頻與花香
認為榕樹以外並無盛世

秋風至，霜降，螳螂的刀臂已茁壯
僅能堅持的是那不凋的綠
世界由外而內，黯落為暮色
肉身已然崩壞只餘滿枝蟬蛻

蟬聲沉寂我遂察覺那一大片的幽黯
仿佛立了很久，如寂滅的火把

世界已換了，我看到
低垂如罩的樹蔭外透出的煙火

（二零一八年六月十四日高鐵列車漳州往深圳。）

四格相片

場景與晨光都相同，時間是連續的
你立在我身後，我想你如此一直地立著
左手扶著我肩膊而右手在操控
把我們的時刻凝留為一種永恆的書寫
愛如一組四格漫畫，真實而簡樸

鏡子前，讀優秀的詩篇
那是翅膀，我說著生活中的話語時
便即停留在桌椅上、床上，或浴室的磚板上
我們是那樣相容於不規則的空間內
不著文字，稍微移動，卻勝於真理

（二零一八年六月二十二夜十一時四十五分嘉義市桃城茶樣子。）

第三輯

逃生術

嬲
（粵詞系列）

冒險將一個不具詩意的詞放在題目
並嘗試把它寫成一首詩
想及具像詩，那觸及漢語獨特而可貴的本質
由左中右三小塊築構而成
一女子夾在兩男中。我說
是一位美人，她的衣袂讓風飛揚
因而當中的情緒是熾熱的
並微微有著劍拔弩張的暗湧

想及另一個說法，愛情中若有三個人
便太擁擠。城市那些集體運輸工具上的
人潮，不及這個單字詞所詮釋的更深刻動人
空間以外，那還有時間的糾結如無匙之鎖鑰
或有人會在楊柳下離去，有人在雨雪中回來
而我因著一些固執的主見，拒絕這樣的
述說，並執意不讓它棲止於詩行中
晚餐的桌布無絲縷的愛，常織滿七宗罪

旅途

在路途上，窗外正瓢潑大雨
昏暗的除了晚上七時的天色還有我孑然一身
遠方的景物都相同，這城的燈火
璀璨地焚燒成一個虛幻的人境

結廬在此，而在擁擠的空間中常有
冷清的感覺。那不懷好意的
是宣示明天會更好的言說和
那連綴至天邊的浮雲恍惚

游子意如何，無人可訴說
我所愛的都聰敏而善解人意
孤寂常是強壯的，而那耽於逸樂的愛
常予你一個狹隘的天地

心如沙鷗，翱翔在板蕩的生涯中
回歸那簡單至極的聲音與形狀
只要浮在海平綫上的夕陽
與我同時沉落，即黝暗之中仍撫摸到
那個夢中的軀體與溫度

（二零一八年七月十四日零時二十分澳門金龍酒店。）

聽葫蘆絲

深宵那些流過的細微聲音，彷彿是來自空間的幽邈
一泓清澈的湖水，藍得讓所有事物都
疑惑自身的存在。我存在並帶有抹拭不去的
疤痕。每次躺下都是一種言說，睡眠或死亡

而那細碎的聲音淌淌流過，如一襲輕柔的江南綢緞
覆蓋著我瑟縮的夢。輕常是一種虛空我需要的
是一具充滿欲念的胴體，並可以讓我
在其上書寫一縷心箋或千條罪狀。這人間世

不曾有過真正的寬宥，如此便即詩而非欲望的文字
這來自葫蘆絲的分子逐漸充塞這個狹窄的空間
當日那個吹奏者，是絕對的孤單無奈
雖有高山與流水，知音卻源於簡單的相愛

詠物詩

01 詠桌

喜歡起伏，那是一種柔軟的色相
像搖籃般，承載著我逐漸頹敗的肉身
現實總是反對派，擁有過多的佔領地與暴政
阻撓著我和我的理想國建立

也喜歡桌子般的平坦，可以讓我把心事攤開
仿若無垠的晴空有時落下不同的雨水
時而秋的淅瀝，時而黃昏的點滴，泛濫為湖泊時
念及的總是充滿孤寂與平靜的詩歌與瓦爾登地

世事總讓人傷懷。文字中常懷灰色般憂鬱
世間如裂縫而桌上便即整個皇朝的江山
還能拓張領域入侵你的夢土
並在這個桌子上，簽下了我的不平等條約

許你以我窗前的歲月，與一方風華
許你以我所有的衰弱與力量，並承諾
所有的書寫都為救贖，寬恕所有的
愛人，讓世間有愛卻與我們無關

02 詠石

想及那許多不吉祥的徵兆
譬如一塊巨石脫離了山體
可以視作一種倫理關係的解除
此後的風光將有異，帶著傷痕的存活
或孤單的成為某種形體

岧嶢也罷嶙峋也罷，已無光滑的歲月
平淡了的欲望增強了想像的力量
那算作一種文字，舉重時更具搖搖欲墜的
感覺。總是經過水或火的煅造
愛，你說。我想到所有的玉

都先隱藏於石中。逡巡在堆叠的石屎
叢林間，一方窗外即未來，群山起伏
有清澈的河流堅定地穿過。而現在
歲月並不平坦，崎嶇也罷顛簸也罷
疲倦時夢中總有那藍田日暖

（二零一八年七月三十日零時四十分婕樓。）

03 詠柚

秋節來臨了，窗戶滿布稠濃的月色

讓不敢對月的我無處遁逃
月下懷人是屬於一首悲愴的詩
我已不願療癒那憂傷

我喜歡秋節的柚子，成熟甘甜
靜靜的待在桌上。它內裏
飽含雨水，那是小城傍晚時
遇上的一場秋雨淅瀝

渴望剖開它，讓它的肉體袒露
在這個夜間。它的緊緻是一種語言
彷彿訴說著某些欲望，和治癒孤寂的
神秘處方。也可以配以蜂蜜為茶

喝下時，我感到膩而溫暖
而窗櫺外是一城的冷落清秋節
案上四瓣柚子皮即卸下的秋裝
如在低倚戶的月色下念想著的那人

（二零一八年九月十八日晚八時半婕樓。）

傷心

未來難以逆料而我只能相信那已逝去的
春日仍是甘甜。有的痛沒有傷口
當歲月把我置放在一個荒島時，我說
這才是真實的世間。因為四野渺無人迹

我也播種和耕作，挑水和狩獵
常在林間遇見猛虎，以及所有的伶牙利齒
相當溫柔地閱讀，挑燈寫詩
而那傷心有翅，徹夜盤桓

感到罪孽漸深如冬日的積雪
所有的愛都羸弱為病並傳播著
我是唯一治癒不了的患者
因為我知道，整個漫山遍野都瀰漫

秋日的灰霧。我尋找的醫者或會降臨
他會寫下詩篇一樣的藥方——
一顆果仁的苦中會有命運賜予的蜜
今夜吞下的，是永恆的星光

（二零一八年七月二十六日午時炮臺山海景大厦紙藝軒出版社。）

藥方

感到軀體逐漸安靜因為我一直在書寫
夜間萬物也同時安靜那屬於我的
欲望却回來。文字如一群撲火的飛蟲
它往復在腦袋中盤旋
我想起蜷曲著的另一個軀體來

書寫的力量極大，它變改了這個破敗的世間
重組那些亂套了的秩序，屬於我的
或為我擁有。階前日影總是拉扯不住地
往窗櫺間移動。感染上同一種病
却來不及找到治療的藥方

明天早上有稀薄的陽光和鳥鳴啾啾
荒誕是正直的存在而真誠被視為妄作
穿彩衣跨駿馬，用偽造的器具
瀰漫其中的那些病菌如塵埃
在不超逾百分比中飛揚跋扈

堅信有治癒的藥方。避世在門可羅雀後
東窗事發，西窗翦燭，北窗高臥，南窗
可以看到那片無盡的山巒與早伏夜行的

鳥獸。在簷下，有古琴音，有佳茗香
涓涓細流般的是歲月安好

（二零一八年七月三十日午後四時十五分炮臺山海景大厦紙藝軒出版
　社。）

錦江

深夏時節我來到錦江畔
錦江顯出亮麗的身影，流動中保存了
一些斑駁雜亂的景象
這個世道過於平庸膚淺，秩序與規矩都
不懷善意。錦江仍有意志，它沉默地
流動，且以其渾濁的河水存在著

後來下起暴雨來，我們在樓頭宴飲
看雨。我感到錦江的喜悅
它有至善的思想，在一個彎曲處
較所有世間的事都具有智慧，緩與韌
遊河的眾人間，巡梭著的一個閒雅女子
錦江此時才露出了它真實的美

S 城

生日那天我來到 S 城的一個片區
那是個陌生地却孕育著我最後的夢想
已知道夢不如馬路的樹木可以年年煥發新綠

前面是一個彩虹般的蛋糕和 S 城的夜晚
不曾點燃的是往事，焚燃著的
是文字和它塗抹了孤獨情懷的託付

走過 S 城的風雨，過著幽禁般的日子
許多的慾望不能觸及，渴望在
千山之間緩緩地終老。有同樣的雲低欲雨

夜將盡，餘情未盡，歸去已晚
S 城的燈火逐漸退去，歸途的車子來了
回頭時，津渡上有一個人立在煙波浩渺裏

（二零一八年八月三日凌晨五時半澳門華都酒店。）

欖邊之詩

01 農莊雨夜讀維榮之妻

玻璃窗外雨聲不絕，這個農莊深邃如許
沉默與泡茶後，我與太宰治談論起世俗之妻
他說，寸善尺魔啊，這是為妻之道
酒色財氣都在其間惟獨愛情缺席
雨愈大，我把書合起來，維榮與他妻子
先後返回那個破敗的酒吧去

然而維榮之妻這般的俗世女子我也喜歡
不必描述那神經末梢般的微物之處
把偷歡與外遇都看作緣，那是以惡為善的
詩人和他的書寫。今夜農莊的雨瓢潑如注
如在洶湧的岸口等待一個歸人
如果也是維榮之妻，那便即一次生命的私奔

（二零一八年八月十二日零時三十分中山欖邊青青別院。）

02 菊開如海

欖邊的野菊花盛開，冬日的色彩滿溢到山腳下

色彩只開放給傷心的人觀賞因為傷心有翅膀
世間的戀愛都有色彩，惟孤單的歲月
如浮雲般具有變幻不定的形狀

農場的野菊說開便開，不予我一絲柔情
面對這片浩瀚的盛世，我落拓如斯
沒有制約的生命讓我感到懼怕

已揚棄色彩與季節，回歸到一種純粹的述說
置身其中將陷入那集體的渾濁
色，或說花顏，具有不同程度的誘惑而遠離道德
我轉身時，野菊們仍在風中招搖
不在陽臺不在花瓶，枝幹總是那樣的挺直
這般的挺直只是暫時，冬後
它們會成為一排排的枯槁，在這個農場裏
與我一起，默然為一種衰敗景象

（二零一八年十二月二日午後一時五十分婕樓。）

七夕

七這個數目是孤單的，它的影子總是極消瘦
算數著今夜輕輕的步履如一次緩慢的沉溺
這座城的燈火太亮，天階有萬人麕聚
我忘却所有的體溫，只讓夜色冰涼如水

（二零一八年八月十七日午間十二時半炮臺山海景大厦紙藝軒出版
社。）

立秋之詩

真實的都脆弱易碎，得倍為珍藏
埋藏於柔軟的心却有緘封了的語言
不發一言，以行動來保衛
這世上僅餘的書寫者。我讀過他的詩
如銀碗盛雪般讓我傷心

有愛，卻注定是孤寂的活著
立秋之日枯坐於在一個空間內
讀著那些動蕩不安的詩篇，他說
世道不好，我們要好，平安淡定
看著這無雁行的秋空想到他
和這個漂徙的季候

（二零一八年八月七日午後三時炮臺山香港大廈紙藝軒出版社。）

靜夜

雪域雖美，却心疼一個人在漫天大雪的城市裏居住下來
並堆積糧食和生兒育女

不想在碎片般的世界裏讀你，讓所有的歲月歸於寧靜
沉默較之一切喧鬧更好

想念著，凝看著，一個背影是如何在塵世紛紛攘攘中
堅持不屈身拾穗

沒有燈火繁華的夜，沒有迷宮般的城與謎般的話語
只餘一片森林的靜謐

書齋的光暗宜人，詩句止於不可不止，飛蛾在挑燈撲火
沐浴後身體的溫度恰好

迴廊外流水安靜，簷下微風帶月透過窗櫺
那易於破碎的都已入眠

（二零一八年八月八日午後四時四十五分炮臺山香港大廈紙藝軒出版
社。）

揭陽龍眼

遙遠的揭陽有一株龍眼樹，擁有沃土與佳時
枝頭吊懸著的是飽含熱量的果糖
現在束為一袋放在桌上。沒有山風
它們沉默了。緊緊的擠靠著訴說那紅塵路遠

一顆心堅實的存在，奔波間雲彩黯淡為
一座城市的薄暮。點亮房間的燈等候
訊息如一只盲目的飛蛾撞擊於
玻璃窗上。這是可見的愛，相隔只是

一扇窗扉的開闔。脆薄的是泥褐色的外殼
渾圓是仍能生育的核。那肉質富有彈力
與肌理。置於口腔時，我遂想起
那愛不能論斤兩，以算數，只宜吞噬為命

（二零一八年八月十日凌晨一時五十分珠海渡假村。）

關於婕
（之二）

01 婕詩派出版後

所有的都崩壞，我感到極其孤單
只餘那堆疊著的符號可以依靠
城區廣闊，燈火擁擠，而我總覺得
遍地秋草般荒涼不已。腐草為螢
這是一件能安慰我悲傷的事件
獨自打掃一個空間，安放家具
在陽臺種植草木，蓄養一頭獸
並視它為相互依存的象徵
與牠夜話，與牠在白天對峙
一如這所有的生命體般易於蒼涼
我預料，所有的信仰都將破滅
包括所有的書寫都被
揚棄。只有婕詩派是永恆不滅的
它紀錄了一顆星體的誕生與運行
在太陽系以外。那裡有高聳
的群山，高聳的宮殿
一個神永恆寓居於此。她前生是妃子
婕詩派是經文，我信仰著

當我失意或落拓時，翻閱這一切
如看到穗園的樹木成蔭，八卦高地
的薰風吹動了窗櫺的垂簾與星光
如進入了一個安靜的小鎮
那裡有許多相同的街道與市集
卻有唯一的時光與記憶
經文所描述的容貌與肉體都
是純潔的。因之我能渡河
並能擁有彩色的夢與黑白的現實
一零四節經文把生命所有的可能與不可能
都解說清楚，因之我具智慧
放逐自己在一個無人知道的地方
如群山之中的一所房子
不懼怕猛獸包圍，雨打與雷擊
偶爾會有叩門聲，來訪的朋友看到
桌子和書架上的婕詩派，一盞茶
簡單地念著經文，燈火柔和
影子緩緩地起伏如有生命般
然後朋友離去，房子讓
歸巢時的鳥聲進出。婕詩派說：
生命是，嘆息般的微風夜雨
夢囈般的呼息聲

（二零一八年八月二十一日凌晨二時婕樓。）

02 小雪後重臨穗園

所有事物或在一場雪後慢慢消融
那些店鋪曾經展現了生活上微細的愛
如今只剩下一間咖啡店與道路兩排的樹木
子夜時分我穿過這裏，空間如此奇幻
予我一種隔世的熟稔與重新
漫天都虛晃著燈火不曾有過一場雪
南方的愛沒有雪只有細雨紛飛
我想到傘下的細語叮嚀與那細緻的側臉
時光逝如滴漏當晴空現出時景物都變改
我以永恆的詩句來抵抗遺忘的古老
穗園如此安靜，它知道一個孤單的夜行人
別具傷心懷抱。此時所有都是對我的
關懷。兩旁的樹木靜默相望
它們的軀幹柔軟葉子有綠絨般的溫暖
莫吉托咖啡店的燈火停歇在欄柵與玻璃門上
如同所有的都可以重新尋找回來
在小雪後重臨穗園，感覺消失的也善良如此

（二零一八年十一月二十五日午後四時二十分廣深火車8卡3F座。）

洞頭三叠

01 洞頭島嶼

這裏是浩瀚的邊緣，終究有我的消息
日子曾經如無涯之海般沉睡著
而我覺悟了此身非我所有，只因所有的
都糾纏為放不下的一爿岸在這
103 個島嶼與 259 座礁石正說明了
一些亙古以來存在的神秘序列
如一群飛行中的巨翼，自三葉蟲時代開始
而終結於我的書寫。半屏的是山
仙疊的是岩，大瞿的是島，那寂靜待風
渺無人蹤的竹林即便是嶼與礁
散落的一種話語，歸入永恆
棧道如此繞縈在懸崖上，觀星也罷
聽濤也罷，不過是半闋心事悠悠
在這裏則貶謫或放逐也都不過是
一場夜來的雨於天明時風乾

02 望海樓

煙墩這個詞讓人感到五行的諧協
煙是雲煙渺渺，墩是那一方纍纍的水土

其上若有樓，那即詩人以觀滄海
錯彩鏤金的一座城樓。故國多喬木
還至梁城作的往事都成炊煙
瑞安寮那一排屋頂外是煙波
登樓攬勝的日子正逐漸消逝
我也登樓，穿越了明三暗五的時光
永嘉是一個詞却如河道裏鮮活的魚般
自下游逆流而來。太守是一個官階
此日却富於浪漫情懷。35 米高於浮雲
的高度，可以窺見七橋雄踞
五島毗連。山讓半屏，漁港在夜盡前
留下閃爍的兩三星火在夢中
與在風雨中永恆吟誦著的那雕像

03 仙疊岩

又看到那個山名半屏的，面朝大海
是一個客棧所有的窗扉。所有的夢
都疑惑著有一對翅膀長在背後
仙人在這裏留下十二生肖的習作
岩上將軍與戴冠童子，守候著穹蒼變老
立在當風的海角指著雲煙茫茫處
說，那是東海，揚塵逝波的東海
星宿與心事同樣難以丈量
南炮臺山的硝煙早已消散

射程之內的所有歸帆與漁唱都
在黃昏時分，一閑筆一點墨般
描畫在眼下這軸畫卷之上
不必橫槊無須賦詩
愛是舒捲，也即生命悟道的姿態
一疊一層是歲月走過的痕迹

（二零一八年八月二十三日零時二十分婕樓。）

新豐蓮蓬

桌上那錐形包藏著極為銳利的語言
它安靜，並在一盞燈光底下收斂著顫動的影子
那堅持著的綠色外殼是今生，而內裏
一顆顆數算不及的，是來生的美而具有本質的
苦。所有的並非想像，蓮蓬是一個象徵
或是一個迷惘的預兆讓我徘徊不近

總有不同的姿態，今夜它彎曲的梗種植在
我貧瘠的心田。立秋後常有清冽的雨水
打傘穿梭在街巷時我想到蓮葉
應有一片屬於我的小空間吧，有錦鱗游泳
有採菱歌聲。而那僅是想像
如今我羸病的在這秋雨瀟湘中

（二零一八年八月二十三日早上十一時炮臺山香港大廈紙藝軒出版
社。）

不寐

夜宿龍潭，深宵不寐
心有欄柵困著一頭掙扎中的獸
我常予牠愛而牠缺自由

臨窗的中正路已無車聲
旅館安寧，廊道上的跫音寂滅
白天的瓢潑雨水洗刷了所有的其餘

潭畔我踽踽而行，我怕說龍
因為我懼怕那種斷綫般的飛翔
雨歇了又降臨，却仍舊是悲秋之雨

現實如這潭般險峻，却常給我
平靜的水面。晴時有雲，雨下有霧
歲月老去，並因等待而卑微

（二零一八年九月七日凌晨二時十五分桃園龍潭中正美學旅店。）

西北西

你寫了一系列歌詠大海的詩篇而終究
返回西北西。我喜歡那裏的胡楊木卻不曾
在某個深秋穿越胡楊木林。這即寄居於
大道紛紛然的旅館歲月中的命
空間是私產與窄巷子般，只有施以銳利的刀鑿
才能窺見藍天的羽翼和抽芽的枝丫
詩篇中那些描述我讀成經文般的預言
簡單緩慢地等待一場不流血的革命
變改不了的是軟弱的歲月和更軟弱的夜間
瓢潑大雨中所有的城都是沼澤國
常陷在一窪陌生地裏，等待那些傳言與夢
能兌現為午後窗櫺下的靜謐相對
廊外是群山莽莽，展現陰晴卻不言不語
愛它的剛強與漸變，而疏離城市的柔媚與丕變
當日以杞子為花鎖陽為枝，新醅的北酒已釀成
而你卻告別了南方大海的鷗子與燈塔
晚間我在燈下書寫，想念曾經有你的歲月
如梭如流。一個西北西的方向我眺望
沒有你所有的便都如靜物畫般
有喜愛的物，也有尋覓不到的物外之身

（二零一八年九月十二日午後五時半炮臺山香港工業大廈紙藝軒出版
社。）

110

侯布雄法國餐廳

秋後，侯布雄餐廳在信義區堆疊的窗扇間
靜默地等待著。它內裏是紅色的燈火
有一些事情在束手無策中黯然消逝
也會有另一些事情在猝不及防中誕生
而後秋雨和你都及時而至

這個貴婦般的午間，味道以外
我沉溺於高更塊狀般的色彩
那不規則常是詩歌語言之外的真誠
述說。我也說基督是黃色，如歲月磨煉後
依然存在的，定必是難以逃避

盆地中的一座城，有一零一種動人的評說
米其林紅皮書只記述了欲望的空間
我書寫花與秋蜜的季節，也寫落葉與城門
那唯一的出口，一場突如其來的大雨
讓你感到詩歌是沉默的存在却可以依靠

臺北車站的時間是流動的雲並且
區分了南北的天空。臺北城的夜間躁動
並常令人念想及侯布雄般的飽暖。飽暖後
想及斜對角椅子上的優雅，並設想
優雅背後的搖蕩不安，與另一種禱告

（二零一八年九月十六日晚六時四十五分十號狂風中婕樓。）

秋節

今年的秋節特別冷清，想及一個浮字
因之聯想到浮生與浮城楚囚相對般的詞彙
城總是熱鬧，煙火讓夜間也不平靜
樓角的星光是萎靡的，所有的均動盪不安
蟄居其間如浮沉於滄海中
故而喜歡築居群山之間，雖有動物凶猛
却無偽善與語言。我即浮生之夢
山中常有不同季節的雨，可以讓我歇在
簷前或窗櫺後，看山林在雨水滋潤中
勃發生機。雨後林間飛鳥躍出
或斷落或應和的嚎叫與吼聲是
動物出沒的痕迹。我設欄柵與重門
飼養一群貓犬，與它們融洽相處
不懼怕銳爪與利齒，命如風中之燭
終會歸於寂滅而寧可疾歿其中
浮城的街巷與建築有迷宮般的寡情薄義
我尋不到真相，並懷疑真情。
設若有一女子居於我心宅，雖不能相見
却已是這個秋節的全部。她會說
牽掛，這個我極喜愛的詞彙
只是看不到出口。秋節憑欄望月
在一座浮城中過著浮生若夢般的日子
依舊是本質不變的悲愴，為歡幾何

（二零一八年九月二十三日中秋前夕赴澳門噴射船。）

逃生術

已然身處險地因為所有的事物均將變改
貓也衰老，任夜間的翅膀飛翔不息
移植陽臺的海芋粗大的枝幹垂垂枯槁
旁邊冒出許多幼小的莖芽
而，脫險便成了我存活唯一的理由

孤單總是埋伏著極細微的攻擊
闃寂無人讓思想如秋蟬喑啞，瀕危
於一陣北風敲窗的呼嘯中
盛世好比一個叢林讓人無措失語
我知道有遁逃之術，但我得守候著

未明朗的天色與那些彎曲的巷弄
大道車水馬龍而我只能踽踽獨行於小徑
那個人的背影愈行愈遠，一座城的燈火卻
依舊璀璨無比。我佇立樓頭看
天色微茫，懷中仍藏有未兌換的歲月

（二零一八年九月二十五日中秋翌日下午一時半澳門回力餐廳。）

暮色裏

暮色裏，以想像來築構那人
的一切。我未曾目睹相關的肉身
卻經由話語感受到那體溫般的和暖
設想相互擁抱時，縱然大雪紛飛
而我們卻有南國小樓上那種潮濕的薰熱
也可藉詩來判定相關的性情。而文字
即一場暮色。我認為最好的詩歌
其文字便即一場界乎陰陽間的暮色
壞的詩歌語言好比城市三月之霧
讓所有輪廓模糊，讓人滑倒
並如口語般予靈魂的刺傷。我看到那人
正穿越暮色裏，因之我認定那則
生命中詩歌的遇見。詩讓命穿越陰陽
並有愛。那無關於世間所有的事物
是一個王國仍保有瓊樓玉宇
看欄外萬里河山，也在同一暮色裏黯落

（二零一八年九月二十九日午後一時四十分婕樓。）

晨

昨夜做了個簡單的夢
當時卻認為是真的發生了
夜風吹過如輕輕的叩門聲
徹夜裸露的身體
如一片蜷曲的葉子在秋雨中舒張

那是十月的早晨，陽光降臨
我在等候一班準點的列車
深山裏那安靜了一個晚上的湖泊
在等我。它蓄滿了水，昨夜
阿里山落下了第一場秋雨

（二零一八年九月四日晨八時半嘉義市桃城茶樣子。）

美人餵食

長桌子上二十餘人的晚宴已褪為黑白的記憶
仍念及美人有豐腴而甜膩的色彩
那布列的佳餚，讓一個夜間有了
飽食遠颺的欲念。不動聲色即便是
垂手而治的道家的哲學

生活於我是無為的，讓美人餵食
第一口雲林牛肉，念及那嘉南平原
第二口池上之米，念及那東海岸與都蘭山
第三口府城馬鈴薯，念及那林百貨與南方的夜
消耗後存留的只餘宋詞的惆悵

很少書寫一種惆悵的情緒
那是陌生的，因為已然習慣於君王般的孤寂
也有美酒也有佳餚窗外也有江山萬里
而我的王國只有五十坪憲法收錄在十七本詩冊中
復國後我的愛妃卻在逃亡中不歸來

（二零一八年十月十六日晨十時半婕樓。）

念

在夜幕中存在的是一種念，沒有形體卻
充塞在書齋裏。我黃夜寫作與讀書
它柔軟有彈性並揮之不去。不言不語而
有著接近體溫的熱。讓我有時微微滲出了
鉀含量與湯泉相若的水份。或想到
曾經的那些話語與場景

清晨是短暫的，並得尋找那需要的蛋白質與
陽光。好像所有曾經撫摸過的
都回復新鮮。包括流逝的歲月和風雨過後的小城
喜歡一切以愛來命名的事物
喜歡詩歌的語言穿越渾濁的世相而
把存在的真相披露，並因此沉默起來

午後逐漸形成的，是念的形體
它逐漸有了模糊的輪廓與板塊般的色彩
開始呼吸並靠攏著我佝僂的身軀
午睡時它也躺在柔軟的床上
模糊中好像聽到那優美的經文
至遠方傳來，讓夢裏也有欲望也有讚頌

（二零一八年十月十八日晨十時半婕樓。）

撲火之飛蛾

你若燄火，我為撲火之飛蛾
而你的燃燒總是安靜而緩慢，歲月短促
翅上的斑紋寄寓了生命的渴求
與滅亡。是夜氣溫驟冷，燃燒逐顯得其
可貴如堅持到寒冬前的蛙鳴
嗯嗯，我在河畔，在蘆葦岸邊
灰濛濛的玻璃窗後是一盞暈光的燈
卸下色彩還原為一種與生俱來的
膚色。我忽然驚醒，天明時灰燼也冷
一切燃燒最終歸於這個寒冬
所有的腹部都是柔軟的為我所愛
因其為夢與生命的誕生之地
火也柔軟。你仍在燃燒，以垂淚的姿態
間隙與裂縫洩漏了微風與光茫裊裊
我叩門進來，整個世界都理所當然地裸露著
羞赧與罪只屬於一種思想，撲火不是
它是愛與本能。讓一隻羸弱的蛾面對
一場焚城之烈火。喜歡這種燃燒是安靜的
而毀滅卻讓所有暴露出其庸俗的話語
與偽善的真貌。霜降後是冬，能盜火
能禁煙，我乃擁有最暖和的季節

（二零一八年十月二十七日凌晨一時深圳翻身路港嘉麗商務賓館。）

立冬

一些詩句棲止於浮蕩不息的流水上
它們顛倒正反,或扭曲語法
也有殘破如紙屑般等待拼湊的
枯坐岸邊已久,秋雨來過
秋陽也曾在亞熱帶林間的葉子中篩漏
釣竿垂下,貼於流水,當我睡眠時
如蜻蜓點水般驚醒了平靜的流逝

明天便是立冬了,詩句開始蜷縮
或螺旋般,或糾纏如虬,如臉上的摺皺
有的字體脫色,成了殘缺的符號
我垂竿不改,河面已結薄冰
想及河床的未知,也想及反轉的天空
那魚竿抖了一抖,夕陽或晚風中
是一尾活蹦蹦的灰鯛緊咬著我的絲緒

(二零一八年十一月七日下午三時五十五分華航 CI915 航班往香港。)

週記

MON
感到所有都虛妄因為它們總較我的生命更為
短促

TUE
終於省悟世間並無永恆除卻物哀之詩

WED
榮枯與開落都是一體，而我更愛殘陽下枯荷
滿塘。蒼老的歲月外有滿布坑洞的星體
它們黯淡無光。而我為書上所記載的
渺滄海之一粟

THU
我，和著我的貓
踽踽獨行著，穿過了濃霧中的孤單

FRI
它活在當下。並一貫地保持著良好的獸性
利爪與柔軟的頷毛都是忠誠的
它愛黑暗，它和黑暗都不曾欺騙我

SAT

常流浪，常不為人知地與一個女子用詩來溝通
她滿溢愛，以禱告來讓我早眠和長壽
而我常懷有滿腹疑慮
生命常以愛來瞞騙我並使我也愛著一個人

SUN

睡眠也在欺詐，而我常能抵抗到最後
夢即欺詐的證據

（二零一八年十一月二十四日凌晨一時半廣州崗頂文星連鎖酒店。）

冬至

冬至為我喜愛的節氣，如今仍舊愛它
的潔淨。我害怕凍，常瑟縮在夢裏
夢裏沒有時間沒有空間所以為一樂土
喜歡被包圍的感覺，被海水包圍，被泥土包圍
或被一場無際無涯的大雪重重圍困
此時我會念及那些束手無策而遺憾畢生的事來
體溫漸降，但我不發一言
終於知曉單方面的認知等同錯誤
不能憑藉神跡世間沒有比信念來得愚昧
從排列中尋找綫索，並按這排序發現我的厄運
詩較之一切都來得可信它對我總是柔弱如一個女子
我懷疑血液中的氧份，懷疑腸道內的食物
懷疑夢中的那個城市那個冬天那些話語
喜歡過去，喜歡隨風而逝，冬至後又是年關
在關隘前我堅守著城池卻在關隘後
棄衣曳甲而遁。北風來了城門關
在虛假的一切中留下了真實的文字，幼細的筆劃
一半是討賊的檄文，一半是投漢的降書
冬至為節氣，也是氣節：易過，和澤難久

（二零一八年十二月一日凌晨二時四十五分中山南塱鎮維也納酒店。）

暗示

一個想像的空間成了我生命的居所
那非有玫瑰壁燈的客廳，爬滿蔓藤的
庭園，和一張朝向落日的搖擺椅子
那僅僅是一個思想形成了芒刺
有時予我保護，有時帶來悲愴

我歇力保持我的才華不荼蘼
世間的所有都明確為一淺灘
無魚可觀，你安靜在細雨中
我渴望的是這般安靜，乃至於不談論
倒影。因為浮蕩的倒影

總帶誘惑，也總是在把持不住間
破碎於一次猝不及防之中
而你為暗示，包括堅持的色彩與猶疑的形狀
對車站或對房間的書寫，無論羞澀如春霧
或明朗似那些勇敢的春日鴿子
都是一組符號詮釋了春天

我的語言具有依依不捨的溫柔
像極了那些遺留於臺階上的花果
凋零中不發一言的沉默擁有巨大的聲音
它們等待著一隻窗一盞燈一個人

（二零一八年十二月七日凌晨二時四十五分婕樓。）

看燈

我們的夜，我們的城市，我們的
詩。城市總是反對自由意志的存在
那些建築群體綴掛著堂皇的燈火
對軟弱的精神文明肆虐

夜色黯淡前一隊大雁掠過最後的天空
矩陣的語言便即難以破解的科學之謎
一卷詩冊收錄了百年百人的名句
仍卑微如流浪之人無家可歸

擁抱著，我不能書寫任何的浪漫
終於發覺城市是小說家筆下的局
要麼寄寓在庸俗之中，要麼
沮喪為一個局外人

詩要好，命也要好，方能成就一時聲譽
讀書，親賢人，詩即好，從今而後
我們在一起，命也好。看今夜燈火
璀璨，我卻蒼涼無比

（二零一八年十二月八日零時二十分婕樓。）

聖誕紅

冠以聖名，專屬寒冷的十二月
不招蜂蝶，不以花粉，扮演傳道者的角色
在無數小如點子的燈泡中
披一身紅在歌聲悠揚的城市裏

同為水陸草木之屬，植根於土壤
卻因一個節日而聲名顯赫
存在的哲學是，忽略抽芽之生與落果之痛
讚美那葉子因病變而成就美麗

血統屬一品，誤傳有毒。族譜記載
有健碩無病的粉紅與天使翅膀的純白
一塊麵包與滿桌佳餚同樣足以裹腹
讓流浪中的生命重新定義豐腴與貧瘠

世道總是縱容幻想家而遺忘殉道者
窗櫺外雪花飄飛，它如壁爐之火帶來溫暖
在佳節的鐘聲瀰漫中我默然讀經
帶著面譜的妖魔們低頭不語，等候新歲的判詞

（二零一八年十二月十五日凌晨二時半婕樓。）

鳳凰路

後來我知道那不是鳳凰路但不妨礙我對那個晚上
的記憶。所謂夜色包含了滿天霓虹與閃爍的車水馬龍
置身其中時，總有哀傷浮懸在空氣裏

夜在約會時無比短促，而分離後卻無比漫長
一個果子緩慢地孕育我會念及糜爛卻仍舊有愛的明天
走過城市的一場驟雨後，才擁有今夜的璀璨

忽爾我感到一種短促的痛快，命在其中
石鍋飯，花甲蜆子，檸檬可樂，熱豆漿
擁抱，牽手，搔癢，丟失了的吻
詠花詩，公衆號，頒獎典禮
與破碎的愛

（二零一八年十二月十九日凌晨一時婕樓。）

機艙內

此時想念一個人，因為最接近天使的國度
天使都有翅膀，雪白如窗外的浮雲
浮雲蔓延到可見的盡頭。而天使不曾
與我話語，只有我想念的人每天為我禱告

遠離走路過橋的城市，遠離那不分的
青紅和皂白。此時我確認了
一個天使會為我摘下翅膀
會在廚房做飯床上孵夢

窗外的湛藍清澈如同我的念想
樓頂的烟囱與人間的話語無法玷污這澄明
發現了的愛，不同於世俗的必然
一如這無法言喻的降落，或飛行

（二零一八年十二月十九日午後三時香港飛臺北 BRO868 航班 23K
座。）

雨天，在胡思二手書店念想遠方

來到這間書店，窗外仍舊雨聲沙沙
燈火點燃著那脂粉般的夜色

忘不了那甜與溫暖的平原如腹
而現在，我流浪中思念著這個

永恆的遠方。我已設定了季節與風向
堆積了足夠的糧草餵貓，種植大片的

檸檬樹，儲存陽光和維生素 C
讓妳健康地歡笑，也想著那相同的遠方

（二零一八年十二月二十四日午後五時四十五分臺北城公館區胡思二
手書店。）

橫看一個島嶼

一直以來都是豎著的閱讀
府城的欒樹，彰化古陸臺與臺北城的冬雨
在城與城之間的路上，有我流浪的足迹

橫躺下來，更美，像一葉扁舟令人想到
明朝散髮的逍遙傲骨。中央山脉之上
是花蓮大海洋的風，都蘭山的雲連袂到天邊

橫躺下來，那淺淺的峽流可以濯足
柔軟的嘉南腹地讓我想到豐腴的欲念
與愛的信仰。翹首群岳之間，我信奇跡總在

（二零一八年十二月三十一日午後三時十五分婕樓。）

第四輯

抑鬱之書

大稻埕的前世今生

以往走過一大片曬穀場那一捆捆的稻穗堆疊著
它們經過既定的程序而成為糧食
左邊是淡水河，河岸那個簡陋的津渡叫大稻埕
在商賈雲集的渡口上，我是一個流浪的書生
愛五穀，愛風調雨順，愛蒼生，也竊愛著
昭陽殿內有禮教的妃子。而我不下田，不勞作
在科舉的路上與書齋的燈光下吟弄風月

現在走在大稻埕上，那裏已無稻穀之香
精緻的咖啡店與古舊的雜貨鋪相間著門戶
海霞城隍廟的香火在燃燒，茶葉與布匹的買賣仍在
淡水河碼頭隱沒在臺北橋下的車水馬龍中
湧動的人潮裏我是一個落拓詩人。依舊愛生民，但也愛
度小月的擔仔麵與江記華隆的豬肉乾
並在每十步之內與妃子般的愛人相吻難分

（二零一九年一月十五日凌晨四時臺北城公館區修齊會館。）

己亥春節

路總是彎曲的許多殘缺的事物與感情在蹣跚著
當命磨蹭到谷底，小塊平坦方才出現

餘下僅有的力量仍可勃動
我看到終點處的鉤狀物
可以誘惑一尾隱匿的魚上釣

禁聲。伐木。失器。缺土
乃至於離群在燈火闌珊處，遂驚覺
已無子時，命中有魯魚亥豕的錯

（二零一九年一月十日夜十一時二十分嘉義耐斯王子大飯店。）

冬日農場

冬日來到欖邊農場但見所有的色彩都安靜
穿過田間阡陌,感到季節的力量在
然而季節會更換我於那人的思念
仍等待著,一場同樣安靜的雨水降臨
那時我會書寫,把生命中如同神蹟的
紀錄下來。末句是:妳在,當我躺下之時

蜂蝶不來,尋不著麻雀的影子
我窩在農場狹小的旅舍中,感到空間充斥著
那孕育於一個腹地的記憶。睡眠前浮想
沉落於夢裏的是同一個人。詩行的開始
審慎而蹣跚,並有冬日枝椏般微弱的顫抖
而那話語常在,喘息常在,笑容也常在

(二零一九年一月二十日早上十時半中山欖邊農場玻璃屋。)

走過紅磚路

從修齊會館到公館商圈的紅磚路上鋪滿了冬日的葉子我
　孤單的走過
七時十五分車站月臺的廣播響起又一班次列車載著我的
　思念歸去
這一個溫暖的腹地，孕育著欲望的果子
此刻窸窸窣窣的跫音反復如躁動不安的話語

（二零一九年一月二十日早上十一時半中山欖邊農場玻璃房。）

高鐵上

這是行旅的一部分，但臨近一個分水嶺
北上的高鐵裏我安靜地在座位上
光陰點滴般，卻如一場雨打濕了我的思維
讓我想到小城中夜間的燈火與躡足而來的霧
身旁的是愛，是窗外白雲般的愛
風景在倒退並忽略了一座又一座
華麗的城堡。想到我們的際遇想到我的命

窗外是延伸不盡的山脈，我相信有神靈其中
安寧的，溫暖的，祚福庇祐。我不惜破壞詩歌語言
如此狀物形容。也想到一個人，在所有語言
之外。他呈現著，有體溫有呼息
柔軟的肢體有不同的動作。高鐵穿過一座橋
他摟抱著我讓我孕育了空白的哲理
所有至好的都沉默，只需要簡單的吻

（二零一九年一月十六日凌晨二時臺北城公館區修齊會館。）

抑鬱之書

那是生命的沉默當我知悉了摺疊在書頁裏的文字
它們如夜間的水份子般緊緊挨著
極少長句長行，常斷落為簷下的滴漏
如簷下有兩個人坐在竹椅上談論著北方城牆之高聳綿長
與乎南方海港之滿布機心而海水卻如此單純的藍
詩集取名某某街道某某號，而非念奴嬌或踏莎行

我理解沉默非不言說而為言說後那一瞬的安靜
詩節間的停頓有時是空洞無物的盒子有時
是對荒誕色彩的無言以對。此時我問詢於自己
抑鬱了嗎？如一頭在柔軟沙發上的獸
總是在闌珊的月影下安靜不語。抑鬱是傳染病
以詩為媒。我常在個人的書寫中
添加不為人知的腹語來作療癒

（二零一九年一月二十七日凌晨二時婕樓。）

沒有你的城

立在陽臺上看這個城的燈火
如歲末的流螢在阡陌狀的道路上擾攘不息
今夜，城的北門打開，你已遠離
墨藍的天空顯得異常高曠，群星圍繞著山峰
所有遙遠的地方都大雪紛飛

沒有你，城便是一隻給盜去珍珠的蚌擱在腹地
不能理解冥冥中的鋪排，山在東隅而海峽偏西
有的病變不宜治癒，讓它如溪畔的蘆花芒草般
滋生出平凡的美。純白，輕柔，一抹晚霞
潺潺之曲水聲，都在訴說同樣平凡的思念

（二零一九年一月二十八日零時五十分澳門皇家金堡酒店。）

天涯海角

那人到了 SQUAW VALLEY，感覺就是到了天涯
天涯原來是，一條山上被大雪圍困的村落
有超市與銀行，也有與城市相同口味的
漢堡與可樂，還有城市夜間看不到的星光
白天滑雪，晚間燃點壁爐取暖。天涯也熱鬧
卻也總是孤寂的，也易於疲倦所以夢境悠長

我這裏是東半球的海角叫 VICTORIA HARBOUR
和暖的春節讓桃花開遍城市的大街曲巷
陽臺佇立多時，也看不到半點星光
只有一城的燈火如落絮翻飛。生活總是
有短暫的夢而擁有悠長的夜間。風起時
揚起了的思念也常落在我走過的路上

（二零一九年二月六日晚十時婕樓。）

和詩

01 和余境熹〈寺門〉

剩下枯蒲團，碎念珠與一具朽木般的肉身，渴望泉水
而世道已走到一個乾涸的湖底

只能離開這禪寺，也離開如斯蠱惑的月色
相信那人仍有愛却不在燈火闌珊處

簷外是階，階外是欄，欄外是一排枝丫別致的
榆木。再外是一座危城的燈火

梢頭的月，是假的，瞞騙了所有的蒼生
我對眾生說詩教，以緣滅以刼難以創世紀

自此之後不再和詩，偷偷地收集所有的陳言與形容詞
不眠夜，畫眉間，愛在床枕，戒律在天明

02 和洪郁芬〈二月十四日〉

花開時節，我扶欄面對一城落霞

茫茫四野中尋找一盞堅定不移的燈火
亮起。黑暗和寂靜如一雙情侶逐步靠攏
我非第三者，非盜竊，卻如一個通緝犯般活著
二月十四，為自己設盛宴，夜煮芝麻湯圓
城門內的熱鬧與我無關，城門外
我正繪畫一張遷徙的藍圖
床上有錦衣華服，書冊有牡丹花瓣

03 和洪郁芬〈春霧〉

想及隔與不隔，我並非談詩而是談一座城
談伐木工人的宿舍，談沉睡公園，談登山的火車站
穿越那棄置了的平交道時如仍有車鳴聲在遠方響起
你談迷茫的霧，談原始。原始是最好的
遵循天人合一讓事物的輪廓如煙消雲散後
清楚的呈現。面對這山脈，我們談詩

詩並不提供一個輪廓只是給予你信仰與愛
就說象徵吧，它是豹，可以穿越濃霧
象徵之上是神，可以為瀰漫的霧可以為
逝川之水，可以為肖楠木下篩漏的陽光
你筆下的城便即象徵，射日塔與那人即最高真實

04 和余境熹〈失題〉

在球來球往的軌跡中尋找結局都得淪於沮喪
還不如緊握著手裏的圓球。夢中沒有北方的麥田
只有梵谷畫中的烏鴉而黑夜的烏鴉為我所愛
看不到牠們的數目與形貌，敏感的耳朵
能分辨動人的慾望與裹腹充饑的聲音
今晚會有一場焚城之火，自吹熄床頭的蠟燭開始
懷袖裏有馨香也有空洞了的軀體在蠕動
掩上那厚重的歲月大門，我是拉比卻重複犯錯
穿過布滿芒刺的曲徑走向葳蕤與芬芳
匣子裏書寫的無人知曉，半是懺悔半是詛咒

05 和余境熹〈控制〉

過著的是投降的歲月而尋找不到敵人的影子
他們緊隨著我逃亡的路線。江湖秋水多
射向那株槐樹的箭鏃讓我喜歡黑夜與星光
害怕火宅之火，足以夷平一個叫婕的朝代
當我倒下時，八方的旗幟便狠狠高舉

仍欲登夢之平原，落花時節獨立於斜照之下
修道時走在人潮洶湧的大街不擇小徑
如春節悄悄在夜間出現的獸靜靜不咆哮

無人能看清我真實的容貌，我即年華
在這個無硝煙的時代，連一具軀殼都看守不住

06 和洪郁芬〈鴨子車票〉

鴨子車票有兩種書寫方式。其一是
季節的漂泊隱藏在城市的喧鬧中
在車站與渡頭間穿越，綴連一串可以
牽掛於流動歲月中的念珠
言詞典雅編成夢絮，無風仍可飛揚

另一種像漣漪般擴散，那是一頭鴨子
泅游在春江水暖中，曲徑流觴
斑駁的羽毛讓一個房子的沉思與靜寂有了
不同的意義。夢裏有不能承受之輕
卻讓生命安然沉溺於甜蜜的危險中

除夕飲大禹嶺

歲將盡了，摒棄所有的不安與疾患
閉門獨酌大禹嶺。盈盈的湯黃金般閃爍
光陰細如絲縷能穿過任何的悲愴
在季節中舒放在密封裏蜷曲
然後，重生於這個交替的歲時

簾外並無一頭獸伺伏著，是一個
換了的人間。而你在滂沱大雨的遠方
牽掛自是新歲之必然，不捨你之晝
與我之夜。一口溫熱的湯源自一座
山。一個名字，讓我惦念

（二零一九年二月四日午後五時四十五分噴射船赴澳門。）

雨下在上元夜

陽臺外天空轉暗，上元夜悄悄降臨
我困居於城東狹小的書房內
山外千燈如焚，寶馬雕車的盛景不屬於這裏的落拓
世相的聲色都為假象，不及文字刻縷而成的
雕像。灼灼其華，美而不朽。通衢大道張燈結綵
而我卻回歸到一篇小說那無聲無息的述說中
大部分的歲月毫無意義也不留痕跡
如同孿生般的相遇，命在風中獨樹一幟
習俗包括今夜的上元是一種力量試圖綁架
所有人的思想。而我想及胚胎的誕生與其形狀
蜷曲靜止只餘心臟搏動的聲音
再想及一場深山中的大雨，讓所有的生命
都浸淫在洪水中。胚胎的蜷曲是一種
對愛的保護。沒有言語，沒有思想而為
本能。窗外瞬間傳來澎湃水聲，一場大雨
下在這個孤寂的上元夜。更多的燈火闌珊處
更多的漂浮，更多的倒影與海市蜃樓的愛
都未及那人，如孿生般的在命中出現

（二零一九年二月二十日上元夜婕樓。）

大雨中穿過穗園

仍然是安靜如夢的穗園在我的行旅中
世俗的力量是如斯巨大當我冒雨穿過時
事情總是挽留不住又存在於意料之外
書寫在背後而悲愴在眼前，立在路口
等待一些仍然惦念的歲月重新出現讓我
可以尋回深宵那簡單而純樸的消失如夢中
發現一頭久違的獸隱沒在蒼蒼莽莽之後
流亡中我不曾放棄建立我的國。以婕紀元
那裏會有神話有傳說的大山與豐腴的腹地
而現在，這個破落的旅館中，我獨自在書寫
整個城的雨都在傾瀉。傾瀉是一種單調的雨聲
而我懂得背後那毀滅的意圖。我迷信預兆
穗園內有些店鋪換了，有些更為黝暗老舊
有些仍然有熟悉的燈火，有些像叛逆者
以不友善的拓張來變改著歲月的版圖
大雨中的穗園如故土，曾經的幃幕與宮殿
華堂綺筵已然黯淡與冷卻，笑語與歡聲遠去
大雨中我穿過穗園，披著的雨衣如簑衣般
手中無竿，簍中無魚，生命彷彿被困在不退的洪水中

（二零一九年三月十日凌晨三時五分廣州龍口西路穗園小區省文聯
大樓。）

生命悄然不語
（悼詩人李華川）

聽見窗外的所有聲音，聽見午後的一場驟雨
打砸在夢裏脆弱的鐵皮屋上。聽見房間內
所有的聲音，一隻羸弱的秋蟲藏身於
堆疊的衣衫裏，朝南的牆壁上一道細微的裂痕
在拓大。念你已停止了所有的話語
讓世間的號叫聲淹沒每一個黃昏與黃昏之後

真實的生命總是悄然不語，窩藏於黑暗中
那些曲折的綫條與板塊的色彩
依舊躁動而喧鬧著。四周盡高牆，隱藏著
無數鋒利的目光，如寒風，如利刃
如一場毀滅性的災禍施加於徒手無依的詩人
剩我仍在飄蕩的旅程中如一個清白的逃犯

（二零一九年三月八日婦女節午後二時四十五分深圳往廣州火車第
6 卡 12F 座。）

言說

喜歡說眸子，說伊人，也喜歡那種對世間的凝視
晚間我身旁是柔軟的床褥，想像有那麼一雙
眸子在看著我的夢。在真與美間尋找的
是彎曲的睫。不相信距離產生美
真實的晃動方能觸摸到靈魂。不擅說所有的
飛翔，或翅膀。那是虛浮的世界為我所不知
在歲月中傷痕的肉身仍在生長，說落葉
諱言落花。其間它擁有你們不知道的區別
落葉會想到枝梢與泥土，而花之凋謝只能想到
物哀之愛。訣別這個詞短促而極重，避之惟恐不及
懼怕看你的眸子，它澄明如深山中百年之湖水
倒影較之天幕下的景物更為真實。至此明白
或低頜沉思或沉默不言之狀況，都是一種
生之懼怕當一雙桃葉般的眸子它擁有微笑的刀刃

（二零一九年三月二十七日早十時臺北城天母沃田旅店會議廳。）

大雨徹夜落在欖邊農場

又來到欖邊，而農場並不依舊
有的果實被刈割，有的花盛開卻非舊年模樣
那人離開了。別院的庭園清幽無比
龍眼樹下的平房悄寂無人，有著抹不去的那種
色彩。簷角的天空陰霾，牆頭的小黃花
如我羸弱而荒蕪的半生。潮濕的房間中
盛載著思念殘缺的渡江之舟擱淺了

竹子簾外開始下雨，先是瓢潑繼而傾盆
滂沱之勢孤立了一間斗室。如一個王朝走到
最南之地。念想及我的妃子，大雨中也流落飄零
我竭力入眠，夢裏進入一片嘉美的平原
醒來大雨仍未止，在床沿書寫，擅工筆能繡金
放棄某些事實而保留心裏真實的版圖
那即歷史，要而不繁，如簡牘般擱置於桃木書架上

（二零一九年四月二十二日晨十時惠州小金口破敗的旅館。）

詠荷憶洛夫

與你一樣，荷花也常植於我的詩行之內
不喜歡眾荷喧嘩，尋覓那溫婉的存在
而滿池殘枝沉靜在蛙噪之中
的景致，如今我竟也流連
（我堅持把「的」字置於分行之前）

有人從霧裏來，猶疑在一座院落的階前
長廊盡頭的鐙仍未亮。只能等候
濃霧的消散。而荷香卻瀰漫著
讓我守候季節的去了復來
（我不用「燈」而固執用「鐙」）

如今，池水中可以看到你的臉
那一排排的枯槁，將成為另一道景致
荷塘只有月色如唐韻新聲，遠去的漂木
漫漶為夜與大海的思念，讓衰敗也有洛夫之美
（我放棄應用文的稱謂而直呼詩人之名）

（二零一九年四月二十四日午 12 時婕樓。）

詩體三詠

01 俳句之愛

喜歡對峙的存在，喜歡欲言又止
也喜歡那些文字之外的真實
文字之後是大地之吻，是沉寂之愛

直排如兩個人相擁相依
文字間相互糾纏與滲透
如兩塊併圖般契合無縫

橫排讓我想到大自然中的
一場暴風雨。總是在搏擊停下來後
濡濕的大地有生命泅遊的跡象

02 截句之痛

徹夜的無言之痛，以思想的利刃
把一整塊的夜色分割
讓餘下唯一的光譜懸掛於窗櫺

明鏡亦非台，手術後的臉容
眸子澄明有天空的蔚藍
鼻樑挺拔出崇山之秀

陽臺外那江山你指點
樹猶如此，林何以堪
百個伐木人及不上一場山林大火

03 自由之傷

行於當行，止於不可不止
真正的自由在後
而現在滿園都有泛濫的漬潦

我想一場雨要歇止了
讓我走出簷篷走到南方的稻田北方的麥地
雨說，我自由的落下大地

大地是脆弱的。善良的溝渠與排水管
總抵擋不了奸險的滂沱
我躲在簷角下書寫我的自由，與詩

（二零一九年四月十九日午十二時二十分中山欖邊農場玻璃屋。）

家務五題

01 洗碗

整個午間的時光都已饜足
吞噬後那些殘餘的
味道涓滴而逝

02 晾衣

掛衣繩上那排夾住藍天的
夾子把一棵樹的葉子
夾在半空。讓兩三片落在你身上

03 掃地

清除那些塵垢在躺下的樹木上
細小的蟲豸們隱藏著
有貓，啄木鳥不來

04 拭桌

換了桌布，滿園都是向日葵
明天又變作一方荷塘
乾淨了，看便到樓頭的月亮升起

05 槌背

柔軟而瓷白的，輕輕叩打
我感到那愛的骨架
相扣對稱的美學結構

暮春遊園記

携手遊園在這個暮春時節。默然開在這個浮城中的是
枝頭或春泥上的杜鵑花。時光總讓人有過多的嘆息
你和這個下午因此春光明媚了。牽手是一種
真實，擁抱與吻也是，此時相愛的感覺
是強烈的。穿越那些人潮與花叢回首一切都渺茫
生命也如花般有著璀璨與凋零，而這個城中的名園
較之櫛次鱗比的街道與文字更為賞心悅目
你在其中卻不屬於萬紫千紅。喜歡你
是澄明的讓我可以在不同的季節裏為你添加色彩
園中景物與遊人都盎然有春意，但都在變幻著
園是鎮定的只有四季，而城門常開擁有太多的不確定
我們困在一家咖啡館裏不想離開，等待傳說中的
地老天荒——那些古舊的簷角上鈎連著永恆的雨天和
　晴天
携手走進園裏，離開時臺北城已蒼老了一季
走在忠孝東路一段上，愛仍不變。此為「暮春遊園記」

（二零一九年四月六日午時婕樓。）

第五輯

詩後詩

小青柑

我不會寫一個江邊的亭子，也不會寫
一株結滿青柑的樹。會寫一張木桌，原木材
製成的仍清晰可見那些木紋如仍有季節般
仍在按年生長，縫隙間若有蟲穴蟻塿
這是一個黝暗的銀河平鋪在夜的桌面上

子時自竹簍滾動而來的幾顆待渡亭小青柑
停歇在不同的位置上。不諳天文學的定位綫
不能表明它們各自的距離。其中一顆在桌子的邊沿
搖搖欲墜。我檢起它，剝開錫紙包裝，以刀柄
敲破乾癟的柑皮讓細碎的普洱葉子瀉出

呷著茶湯靜看桌上仍然停駐的幾顆
絲毫不動其實一切都在運作中，果皮如此繃緊
狹小的球體內擠滿了一樹的細葉
它們癯瘦，蜷曲，相互依挨如人類般
整株寬大的樹上那小小的球體如逆時轉動

（二零一九年五月十六日午後三時四十分噴射船赴澳門。）

分類小廣告

01 徵婚

請住中南臺灣的美媚藉由臉書或賴主動騷擾我
非誠勿擾只是電視臺節目爭取收視的虛假點子
在互動的過程中我們若能共同堆砌誠實的話語
則表示晨昏澆灌的禾苗還能在溫室裏微妙成長
我於所有事物一竅不通只懂讀典籍寫婕詩派詩
窮詩人遊走在這個五光十色的都會中影子黯落
但我能收成所有夏日佳果讚頌妳的美貌與身體
有今生無來世的愛最為轟轟烈烈因為回不了頭

（大號：連標點 160 字以內，每日 1000 元，3 日起計。）

02 交友

長期與一頭黃褐色的貓共處仄室
書房雜亂無章廚房碗碟東歪西倒
浴室牆壁滿布水痕飄著馬鞭草香
睡床寬裕宜於兩個體溫相擁做夢
現徵求窈窕淑女乙名具詩詞才華
能烹羊宰牛殺雞並喜灑掃庭階

呼則現身於門前揮則消失於門後
言聽計從卻喜說聽不到與看不到

（中號：連標點 112 字以內，每日 700 元，3 日起計。）

03 伴遊

羨鷗與鷹之飛翔品性開放
具護理知識樂於照顧弱者
膚白高不過一米七 C 杯罩
南極賞企鵝北洋觀座頭鯨
身體健康身體語言也健康
日酬三百金另付千元購物

（小號：連標點 66 字以內，每日 450 元，3 日起計。）

（二零一九年五月六日凌晨一時四十五分臺北城公館區修齊會
館。）

思洛町

（SRROTIN since 1893）

五月，南寧夜，南湖水岸，思洛町
存在的迷惘未曾消散，盛饌與消瘦的燈火
及時行樂之必要，對遙遠的蒼生悲憫之必要
沙發的咕臣繡上一個香水空瓶子，主牆壁間
三片金屬花瓣緩緩落下。宴會上，滿座衣冠勝於
一場午間的瓢潑大雨。我欲言而止
一尾擱淺在冰塊上的鯛魚以優美的身段
宣示了死亡的美好。年輕，柔嫩，未曾出現的
才華與愛。思洛町是一個古老的城市空間
卻擁有不曾褪色的歲月。我分不清熟稔與陌生
清晨持續的蟬噪斷落思念悠然而生
我說過，俗世不過是為你顛倒的眾生
我非社會主義時代的抒情詩人，擁有一隻悲觀
的左手。對岸的燈火太過份讓落拓的更為落拓
真正的美麗最終或誕生妖與千年白狐
刪除某些詞彙談性之必要，保留某些古老說愛之必要
吃一頓飯與赴一場晚宴是截然不同的
酒酣夜別時慾念仍未止息。一個城市如一個
門戶正關上它的虛浮，一個人的罪惡
實在地詮釋了曾經的存在，當黑暗全然降臨

（二零一九年五月二十三日午後一時半高鐵過梧州往深圳第 3 車 11B 座。）

崇左三題

01 在邊境想一個人

終於來到了邊境。這是一次逃逸而非行旅
歸春河以平靜的流水區分兩個國度如今
我只屬於邊界上的。我的伴侶是 53 度界碑
我不知道要不要前進，後面是冷漠的城市
前面是陌生的地域。如一片浮雲
糾結在廣闊的藍空中失去重量

抹不去一個人的影子。生命此時不比
一株岸邊的芒草。在歸春河與黑水河之間
我選擇後者。沿著影子我看到的是
崩壞中的一朵顏色。渴望一個人如這瀑布般
擁有赴愛的力量，讓滔滔的流水化為
幼絲般的潔白。讓愛在落差的河床上完成

02 名仕湖畔簷下聽雨

聽雨於名仕湖畔。算計著沉溺於蟬噪中的清晨
二米的床榻上我感到衰敗的肉身如一葉破舟
難以盛載豐年中的收成。我想覆舟

把過往的歲月都深埋於湖底
簷外，山水前，是一場突然而至的大雨
擊打在平靜的湖水上。空間的感覺逐漸成形
被包圍的山水，沉默相依，縮小為一張室內的橫幅
無人的一個座位，冷落，却是此刻最宏大的真實

03 車子穿過玉米田

車子噴出柴油氣，在往崇左的公路上飛馳
玉米田的景致一直沒變樣。一百三十咪的速度下
我仍清楚的看見五月的玉米田，那蠢蠢欲動的
幼小玉米們，欣喜地相互看著彼此逐漸變大

有欲，一根玉米便是神奇的，一大片玉米田無數的神奇
讓我有了想法：密集的生長而各不相干
都有相同的莖鬚與夾葉，窩藏著過多的心機
好像我們的車子永遠穿不過這塊玉米田

（二零一九年五月二十三日凌晨三時南寧陽光國際大酒店。）

斑鳩

飄落在房間內的羽毛讓軀體輕如掏空了藥丸的玻璃瓶子
總有一個階段如蟲體般，等待色彩與飛揚
此時食欲最為旺盛，並以吸吮替代所有的話語
反復磨擦的動作在鑽木取火

華麗掉在地上，倫理道德在厚重的窗簾子外
肺葉在舒張，小腹在舒張，深埋著的
一座別院也在舒張，斑鳩來了
整個艾略特的荒原中只餘一株肉質植物在生長

（二零一九年五月十三日午後二時十五分赴澳門噴射船 22J 座。）

詩後詩──抑鬱之書

城有三種空間，白天、黑夜與遍地雨巷的迷宮
抑鬱也有三種，擁擠的拱門與蒼白的櫥窗間往來的茫然
蟄伏在偏鄙的破落房間內沉默面對滿城燈火
與貓一樣孤寂般，不打傘並以為這個城
是一座古舊的堡壘尋不著屬於自己的低漥地
這非醫學定義上的抑鬱。處身於另一個空間時
是如此地感到語言的無能為力讓所有的真相難以
浮現，如深埋在河床裏的一堆骸骨不明死因
只能寫詩並結集，來尋覓耶利米書中的幽暗之地
安靜是最好的話語，像浮雲裡的月色最終成為
這個棄城最後的亮光。抑鬱的詩人消失於白天
存活在黑夜，如幽靈般飄浮在雨水的巷道間
「我漫游無依，我再也不來歸你了！」

（二零一九年五月三十日凌晨二時半婕樓。）

十二個芒果

01

以四乘三的方式整齊排列在紙盒中
披上網狀條紋的泡沫塑料保護套
掩蓋不了蘭木味的體香，動人的彤紅
飽滿的皮膚，讓我念及那許多的
靜默與動作。那屬於風雨後的愉悅

歸期一再耽誤，原以為的季節因而腐爛
路途是輾轉與崎嶇，當中有你冷藏了的甜
可讓我在疲累時剖開並吞噬成命
十二昭示了一年四時的佳美
完熟的果實暗寓了秋收冬藏

02

所有都在意想之外，包括按時成熟的芒果
府城與你皆有悠長的歷史有仍未癒合的傷口
需要這些季節的碩果來療癒
我為泥土而無任何身份，所有的腐朽都為命的
全部，包括愛，包括為我所吞噬的甘甜

商貿有合約有利害與期限，而餽贈的
十二顆芒果是永恆。它已墜落，已收割，已檢疫
已在快遞的馬背之上。真正的愛數字最為微小
猶勝於九百九十九枝玫瑰之數
在懷抱中的都必孵化為夢，破殼在天明

（二零一九年六月二十二日子時婕樓。）

夢游臺灣海峽兼贈伊夫

夜涼如水，外面響起了一緊一鬆的叩門聲
身穿泳褲，是詩人伊夫站在門外
換衣服去我們泅泳於臺灣海峽，他說

塊狀的月色鋪在渺茫的海面，華麗而蒼涼
我們朝南而去，擊水的雙臂同時把
沉睡的座頭鯨驚醒了

每個海洋深處總有一條座頭鯨
而我們正泅游於牠巨大的脊樑之上
就這樣踏水罷，伊夫喘息著

期望牠氣孔噴出的水柱把我們托升往高處
那時微茫的天邊露出了玉山誘人的
峰巒，氤氳的霧靄裏有西海岸動人的曲線

我們同時被海水推往高點，阿里山的陽光
正洩漏著幾條金黃的絲縷。嘉南平原
在晨露的籠罩中如貓的眸子般甦醒

水柱忽然消失，那是座頭鯨呼吸完畢
我遂重重的跌在如冰塊的海面上

詫然驚醒，身體陷於雪白的床褥中

一個人的異鄉冷夢繫於一方甜美的熱土
而隔壁房間的伊夫仍呼嚕沉睡於
昨夜五十八度的高粱酒瓶中

（二零一九年六月二十五日午後二時四十五分深圳往溫州高鐵列車。）

夜宿洞頭

此夜在溫州洞頭的旅館內
我不以為與某地某個旅館有甚麼不同
一樣的黑一樣的夜，也一樣的昏黯燈火
映照出別無異樣的頹唐身影

真實總是讓人痛，慣於以文字來修飾
原貌。而我總是以匹夫之勇來揭穿那虛假
時漏的聲音相同，凌晨三至四時間
總有落單的翅膀跌落在窗臺上

失眠也一樣，心裏隱藏著一頭不安的獸
脆弱的欄柵不足以囚禁著牠
我靠近那窗前，看洞頭的夜，如此的輕
如此的若無其事，也如此的讓我感到

自己也像望海樓般，有白晝的熱鬧卻又有
極為沉寂的黑夜。詩，並不點亮輝煌的燈火
且狠狠地吹熄所有的光，僅餘下
最後的也最邈遠的，如同宇宙那無聲的爆炸

（二零一九年六月二十七日夜十一時半浙江溫州洞頭開源大酒
　店。）

變改

端坐盤腿雙手平放於腹前
低頭枯立著，如蝙蝠的雙翼抓緊枝丫
那是信仰的變改

愈短的衣衫愈寬大的領口
善良與智慧如春汛秋雨的沉默無言
那是審美的變改

簷漏般的雨後，斷落的梆聲
彎曲的仄徑盤旋纏繞那雲深不知的山岳
竟有隱蔽的螢火蟲洞藏於岩穴中
那是詩歌的變改

渴望天明懼怕暗黑與尋找不著那狹窄的夢之門
擁抱著一個體溫不管簾外或燈火萬家或風吹雨打
那是歲月的變改

走過一個城，又離開一個城
陷落於盆地的沃土，隱身於對峙的時代
那是命，已是定數卻茫然不知

（二零一九年六月五日晚七時二十五分澳門回力娛樂場金庫餐廳。）

劇場：一個逃犯在逃亡
（讀德勒茲《逃逸的文學》）

咬文嚼字的學者說，逃犯已然在逃亡的路線中
現實卻也有逃犯窩藏在牆壁間等待半夜的叩門聲

擅於推敲的詩人說，一個句子中出現兩個逃字並不理想
反復修改後成為，被逃犯了而我不懂逃逸

繪製路線圖，尋找最好的出口
信奉神秘主義，信奉詩歌，信奉凌亂的事物中必隱藏著
　　出口

夥伴傑克遜在牢獄中對我說，尋找一把武器吧
讓自己成為遊牧民族，放棄與漫遊著，並有瞬間的背叛

或把逃逸看成一次行旅，地圖總是密不透風
許多革命在原地發生，革命的未來卻出現在下一片草原
　　上

晚上的月色總是薄弱的，窗外一切彷彿退到白堊紀
家和母親就在彼岸，但得坐捕鯨船才能回去

在逃逸的過程中重新看到法西斯的凝聚

為了應對，我開始自我毀滅，用麻醉劑，用精神分析

逃離後最重大的課題是重構，重構我們的故鄉
而故鄉已然永久的消失，上世紀六十年代的故鄉不復
　　存在

一生都離鄉別井，但記憶中保留了故鄉的樹，知識樹，
　　樹狀的點
而現在我卻站在樹的反面，草，生長在所有事物的中
　　間

俄狄蒲斯問，哪個魔鬼跳得最遠。人們轉身離開上帝
上帝也轉身離開人。上帝離棄那些離棄上帝的人

逃逸中渡過了許多邊界的歲月，而逐漸成為局外人
我為世界進行解域化，守住人性，卻捲入了一次致命
　　的耦合中

（二零一九年六月十一日子時嘉義市耐斯王子大酒店。）

己亥中秋

己亥中秋適逢陽曆黑色星期五
突顯了中西民間文化的相異

香港仍舊是華洋風俗混雜之地
讓土生土長的我心裏有了雞皮疙瘩

現在我信命，已然到了最後的算式
孤單無依的人看圓月，獨處的人在漫長黑夜

此日廣寒宮內有嫦娥的冷清
聖殿騎士團被法國國王腓力四世屠殺

於焉今年的中秋別有異樣
攖頭看雲中月或遊園賞走馬燈已非舊貌

轉朱閣低綺牖照無眠，是不應有恨哩
但何事偏向黑色星期五才圓

湖北老友蘇子是不會答
我答，他只能捋鬍子而笑

十三春陽牡丹為帝王之吉數
民間麻雀牌以十三么為最大

人有悲歡離合，月有陰晴圓缺
此事古難全，但願人長久，千里共嬋娟

蘇子說我抄襲他的花犯念奴
我說當今是己亥中秋非丙辰中秋

北宋熙寧九年即西元一零七六年到現在
相距九百五十年，我們仍能相會

中秋夜，案頭一卷東坡詞在清輝下
書箱內不敢拿出來的一冊婕詩派

（二零一九年七月二十五日午後三時零五分臺灣桃園機場第一航
廈 MOS BURGER。）

晨起窗外

推開陽臺的門，一排排棕櫚樹頂外
鄉郊市鎮的樓宇映在晨光中。一日
是這樣的開始讓我感到欣慰而平和
許多現實的快快不樂在這些景物明媚之間
淡然。那是旅程的其中一驛
想起了昨夜的偶遇與歡宴，沒沾酒
沒抽烟，也沒有人談及那些已然的變改與
難以避免的像乾涸後浮現的醜石

晨起窗外是一個鄉郊市鎮，我在這個陌生地
路過並發酵了一個無聲無色的夢
梳洗、熨衣、整裝待發，等候一個美好的早餐
我感到身體某些能力回復了，某些良好的生長
逐漸枯萎。而現在這樣的獨處是好的
讓理想仍舊是理想，夢仍舊保有蛻變為
現實的可能。數十公里外的荷花已盛開
這個七月。我已走到平坦而寂靜之地

（二零一九年七月十三日晨八時十分中山市南朗鎮佳悅渡假酒
店。）

蓮的聯想

那些叫荷或蓮的，仍未綻放，叫葉與
叫詩人的，却如此大模斯樣的在水光瀲灩中
把脉絡展示出來。採蓮的舟子僅僅進入了
眾多的蓮葉間，那怯懦的幾朵在風中
相當警覺地看著我們

搖曳著纖瘦的腰，表情是這樣無奈
它們不相信文字。文字猶甚於狐狸
觀賞那不存在的蓮，這樣的述說
無疑是相當的狡滑。蓮簡單不過，有魂魄
有對愛的感覺，一如我對愛蓮說的懷疑

（二零一九年七月十三日晚一十時三十五分鶴山希爾頓歡朋酒店。）

題游美蘭書法

有的事物的形式很有意義，有的事物的組合
別裁心思。詩題為隸而詩句作行
下款的楷偶見草草不工。我的詩以工為美
游子的字不工成藝

一個商周時代的陶碗引證了詩書畫同源
游子的書法已然跨過藝術的標高點
我緩慢的文字如馱著沉重歲月的駝隊
欲抵達那眺望不到的遠方

橫看這個浮沉而不沒的島嶼
城與城間仍有崇山峻嶺茂林幽谷的羲之與獻之
夜間捷運月臺上仍有孤單的身影吟哦
世味年來薄似紗或深巷明朝賣杏花

詩書蘊藏鎮定如檻外的江山
山腳下，橋上風景，千山皓月與乎
客舟聽雨都是一種相遇於命中
而那煙雨中的樓台，總有一個婕

（二零一九年七月二十七日早上十一時廣東惠陽水藝坊水療大酒
店。）

獅子座

不明白那些排序，但明白夜空之下
浮城中那些女子所貼示的宣言
愛或不愛，寂寥與佯裝熱鬧的文字
他們在那些星子的排序中尋找
愛的理由。而我以為，所有能詮釋的愛
都是世俗的。它們燃燒著，如篝火，如狼煙，如炊之絲縷

七月遠方的海洋有風暴和虛假的消息
而頭頂上的墨藍天空
那搖搖欲墜是獅子座的星光。看不見
卻有相互牽引的力量。我的愛不能曝光
在漆黑的背後，有溫暖，有符號般的文字，也有
慾望來讓愛存活如寂寞的獅子
從柔軟的腹部開始吞噬一頭山羊

當我推開城門遠去時我愛的人
會說，我先睡，你路上小心。昏淡無光的獅子座已
貼近南陲的國度。季節在忙亂中悄然來臨
雨水讓天空消失，那些忙亂的人內心慌張著
荒原般的城，雜亂的萬家燈火，孤單難言的熱鬧
我說，愛不仰望，常涉水而至，在所有可見的事物以外

（二零一九年八月四日午後一時婕樓。）

尋貓

推門回家，是一片熟悉的漆黑
薄弱的光映照陽臺上的海芋葉子
沙發床外的米黃瓷磚散落著
鮎魚塊和菠蘿雞肉的空罐子
如一次獨酌後推倒筵席上的
所有。拈亮燈，在牆壁上的向日葵
仍舊朝東，等候即將來到的曙光

想到家，想到一張長久以來獨眠的
雙人床。也想到某個人他冒著風雪
踽踽而行在一個平行時空上
欄杆外懸掛著一個宇宙，閃爍著疏落的
燈火如不發一言的貓的眸子，其中的
兩盞光窩藏於桌子下書叢裡
而我在這幽暗之地漂流著

（二零一九年八月一日午後二時半婕樓。）

後記

即食，獸語

　　最近讀到澳大利亞詩人史蒂文·赫里克（Steven Herrick）的〈詩歌的廣告〉，詩人以戲謔的口吻，推銷這種不受買家青睞的「商品」。句子淺白，間歇有驚喜的述說：「購買詩歌吧／配方全新改良，巧克力色的／每首詩的韵律都加入了一杯半奶油／喝起來非常提神／每家每戶都應該有詩歌！／一天一首詩能讓你輕鬆工作，快樂玩耍／這全都是詩歌的好處！／準備改變吧！來嘗試一下詩歌！／沒有詩歌你的人生將會一片空白！／當你痛苦的時候，你可以先來點詩再去看醫生。／每次從一碗詩歌開始特別的一天／不加糖，不加人工香精和食用色素／全世界的人都在唱詩歌／雖然不會在一夜生效，但是使用低脂詩歌／可以讓你在五周之內減掉十公斤／詩歌——對我有用，對你也有用！／從今天起嘗試一下詩歌吧／注意：詩歌不應該被那些／不喜歡笑的或者節制詩歌飲食的人所接受／百分之九十的醫生因為可以長壽而推薦詩歌」（胡若羽譯）。赫里克生於 1958 年，其詩歌主要面向青少年讀者。代表作包括《水果飲料》（Watermelon Cigar）和《藍色的狗》（The Simple Gift）。曾獲澳大利亞文學年度獎（New South Wales Premier's Literary Awards）。這首詩讓赫里克於廣袤的詩江湖上，廣為人知。

　　狀若輕鬆的述說，背後卻含有對詩歌艱困的生存環

境的無奈與悲嘆。詩人把詩歌擬作食物，正好直接地詮釋了我一貫以來「詩即食」的主張。當然這非僅止於「靈糧」的理解，而是依靠詩的養分，我們才能在紛亂庸俗的現實裏作出最基本的抵抗，猶如食物所賦予的不同營養讓身體有了對病菌最基本的抵抗。與食物不同，「詩」（Poetry）的功效超乎想像，其力量柔韌、自足、自癒，並定義了「靈魂只能獨行」的意思。

詩集取名「獸之語言」。我的詩觀簡單來說是：「除了語言，別無其餘。」這裏的語言，非語文的概念，指的是「述說形式」。然何謂詩之語言，難以辯明。因為語言之本質不單單取決於詩人，也為接受者所左右。然真正的詩歌語言出現「意義自足」的情況，已與創作者（詩人）和接受者（讀者）無關。前者類似「好詩不是創作出來的，它本來就在」的意思；後者則是「平庸的限制」。我說過：貧窮限制想像，詞語的貧窮限制了詩歌創作的想像。授受雙方的兩個極端是「拈花一笑」與「對牛鼓簧」。詩歌語言，在某種意義上也是一種「獸」的聲音，因為詩歌語言被認為是最接近詩人內心想法的，鳥鳴、蟲喧、馬嘶、猿啼、獅吼、狗吠⋯⋯以其本性，無不貼合「獸」之內心。

時下詩人喜歡空間廣大的名號，動輒「世界」或「國際」，在有限與局限的生命中，這只淪為一個「概念」的存在，所有的不及一個城、一條街道來得親切與實在。我很喜歡稱自己是「香港詩人」。其意義僅僅是，一個土生土長的香港人在寫詩。若回顧個人的創作路程，也

可以說是這個時期，在對香港感到疏離後的「返鄉」，在創作上對自身居住的「城」的回眸與沉思。詩集《獸之語言》寫於 2017.7-2019.8 兩年間。我誕生於九龍登打士街的「留產院」，一個沒有空調的夏日丑時，狹窄的房間。小學與中學都就讀於何文田區黑布街基督教學校。因為家境貧困，越洋考進台灣大學中文系。回港任職於圖書館至退休。從土生到土長，從殖民到回歸，我比任何人都清楚了解這個城市。城市一如卡爾維諾所說的「迷宮」，我曾經迷途、飄浮、誤會而最終找到出口。我們都在別人的定義裏活著，而詩人必得為自己的生活作出「定義」。詩最大的功能，即在定義你的生活，尋回你生命的「出口」。

從 2023 年 6 月開始，我從自己詩作中的挑選一些滿意的作品，加以剖析。我的想法是，盡量控制在一張電腦 A4 紙的書寫中，這種對作品的自我剖解，點到而止。詩人大都不愛剖析自己的作品，或認為是對詩歌的褻瀆。新詩泯滅格律，漫無準則，確然不好議論。然建立詩觀，就是建立個人的詩歌藝術審美準則。既有尺規，何懼自我的審視！這種反思，也是詩歌創作上必需的。至 2024 年 1 月，以「抵抗詩學」之名，已把 35 件「詩體」放上個人的「手術臺」上。其狀若何，其病如何，都一一暴露於讀者眼前。暫時計劃解剖 50 首，然後結集為《抵抗詩學》一書。這既是自選集，也是個人詩觀在「臨床經驗」後的呈現。

新詩掙脫格律枷鎖，重獲自由，創作時更應斟字酌

句。對自由的認知應站立在更高點，而非漫無準則的任意妄為。一個有學問的人與販夫走卒對「自由」的理解，自是兩回事。下面是美國詩人惠特曼〈自我之歌〉中的兩句：

新娘揉平她白色的衣裳，時鐘的分針慢慢的移動
The bride unrumples her White dress, the minute-hand of the clock moves slowly.

台灣評論家簡政珍在〈隱喻和換喻〉中這樣剖析：「時鐘分針的緩慢移動和新娘意象並置造成換喻，而換喻更賦予意象的多義性。本詩行可解釋成新娘期盼的日子，正暗示著時光的飄逝，也可解釋成新娘在期盼中的焦躁。如果在兩個意象中加上一個〝但是〞或〝雖然〞，原有的相異相衝突的多層意義將受到嚴重破壞。」（《當代詩與後現代的雙重視野》，北京作家出版社，2006年。頁108。）其對「連詞之惡」深有體會。新詩是自由而嚴謹的，有自由而不嚴謹的作品便是墮落。最明顯墮落的是「口語詩」。

阿根廷詩人迪亞娜·貝列西（Diana Bellessi，1943—　）在其詩集《離岸的花園》中說：「我說愛的時候，／說的是生命」。詩集裏那些涉及「愛的全部」與「愛的局部」的作品，其終究都在言說生命的本質：無盡的「灰」、無計可施的「存在」與迫近死亡的「旅程」。書寫愛，同時要穿越之，如此便可以作出屬於個人的「定

義」。一經定義，便同時跨越題材與時間。好比只光顧
食肆而遠庖廚，即永遠不能定義「食」為何事。

（2024.3.2 夜 9:20 高雄城左營 DONUTES。）

獸之語言

作　者：秀實

出　　版：人間世文化

地　　址：香港柴灣豐業街 12 號啟力工業中心 A 座 19 樓 9 室

電　　話：（八五二）三六二零 三一一六

發　　行：一代匯集

地　　址：香港九龍大角咀塘尾道 64 號龍駒企業大廈 10 字樓 B 及 D 室

電　　話：（八五二）二七八三 八一零二

印　　刷：美雅印刷製本有限公司

初　　版：二零二四年五月

初版一刷

如有破損或裝訂錯誤，請寄回本社更換。